PORTRAIT DU BARON D'HANDRAX

Du même auteur

L'Angoisse de la première phrase, nouvelles, Phébus, 2005 ; rééd. « Points », 2011

Contes carnivores, nouvelles, éditions du Seuil, 2008 ; rééd. « Points », 2010

Les Assoiffées, roman, éditions du Seuil, 2010 ; rééd. « Points », 2012

Une collection très particulière, nouvelles, éditions du Seuil, 2012 ; rééd. « Points », 2013

Monsieur Spleen (notes sur Henri de Régnier), éditions du Seuil, 2013

Le Village évanoui, roman, Flammarion, 2014 ; rééd. « J'ai Lu », 2015

Histoires assassines, nouvelles, Rivages, 2015 ; rééd. Rivages poche, 2018

L'Affaire Mayerling, roman, Rivages, 2018 ; Rivages poche, 2019

Vies conjugales, nouvelles, Rivages, 2019

Bernard Quiriny

PORTRAIT DU BARON D'HANDRAX

Rivages

Retrouvez l'ensemble des parutions
des Éditions Payot & Rivages sur

payot-rivages.fr

Collection dirigée par Émilie Colombani

Henri Mouquin d'Handrax (1896-1960) : peintre mineur, oublié de nos jours. Je m'en suis entiché par hasard, après avoir acheté une toile de lui chez un antiquaire, pour une bouchée de pain. J'ai commencé à me documenter sur sa vie, à chercher des études à son sujet. Je n'ai rien trouvé ; nul historien de l'art, nul érudit, ne s'est passionné pour son cas. J'ai voulu réparer cette injustice, en écrivant moi-même un livre. Ce livre sans doute n'intéresserait pas grand monde, mais qu'importe ! Et si les éditeurs n'en voulaient pas, je l'imprimerais à mes frais.

J'appris que le musée d'Handrax, dans l'Allier – berceau de la famille –, possédait des tableaux de Mouquin. Je décidai de m'y rendre, après m'être assuré par téléphone que l'établissement serait bien ouvert.

Dès mon arrivée, je tombai sous le charme d'Handrax. Mille cinq cents âmes, un clocher, de vieilles rues pavées ; une bourgade quiète et paisible, oubliée par la mondialisation. Hormis quelques enseignes criardes dans l'avenue principale, et de hideuses constructions modernes près de la gare et dans sa périphérie, rien n'y indiquait qu'on fût en 2020 ; on se serait attendu à croiser par les rues des fiacres, et des messieurs à chapeau haut de forme.

Installé dans un ancien couvent, le musée montrait des toiles d'artistes locaux – dont huit Mouquin –, et un certain nombre de pièces d'archéologie mises au jour à l'occasion de chantiers alentour ; la plus grande salle était consacrée aux objets d'autrefois : outils, faïences, balances à plateaux, fers à repasser en fonte, tout un stock légué par un collectionneur. Le musée avait récupéré aussi, à leur fermeture ou lors de rénovations, l'ameublement et la décoration des vieux commerces d'Handrax : la boulangerie, la pharmacie, etc. On avait reconstitué ces boutiques avec des mannequins déguisés, pour figurer les commerçants.

Lors de ma visite, le musée était désert. Je fis le tour, puis étudiai longuement les Mouquin. Le gardien, trouvant suspect mon intérêt pour eux, rôdait derrière moi.

Les tableaux, qui dataient des années 1950 – sa dernière époque, comme j'aimais à le dire –, n'étaient pas mal. Le plus beau, une nature morte, était la version aboutie d'une esquisse que je connaissais déjà. Enchanté, je décidai de revenir avec mon matériel de dessin, pour les recopier. (La loi l'autorise, pourvu que la copie soit d'un autre format que l'original.)

Par courtoisie, j'informai le gardien de mes projets. Il n'y vit aucune objection et demanda s'il pouvait m'être utile. Il était plus sympathique qu'il n'en avait l'air. Nous bavardâmes, et il m'apprit deux choses : que le petit-neveu de Mouquin habitait au village, et que la mairie cherchait pour le musée un second gardien.

Ainsi commença ma nouvelle vie.

Maisons du Baron

François-Paul – mon collègue – connaissait bien le descendant de Mouquin : il travaillait pour lui, en plus de son emploi de gardien. Il en parlait avec une déférence un peu comique et ne l'appelait jamais autrement que : « Monsieur le Baron ». Car c'était un noble : Baron Archibald d'Handrax, énième du nom. Il vivait avec Madame et leurs enfants dans le manoir de la famille, à deux kilomètres du centre-bourg.

Le travail de François-Paul consistait à visiter régulièrement les maisons du Baron, à Handrax et aux alentours.

– Il en a tant que ça ? demandai-je.

– Des dizaines ! Mais il ne les habite pas.

Comme je posais des questions, François-Paul m'invita à le suivre dans l'une de ses « tournées ».

Le jour dit, nous visitâmes une demi-douzaine de maisons, toutes inoccupées depuis dix ans et plus. Restées intactes depuis la mort de leur précédent propriétaire, garnies de meubles massifs, tapissées de papier à fleurs jauni, elles sentaient l'encaustique, la moisissure et le passé. François-Paul les aérait puis les inspectait, à la recherche d'une fuite d'eau ou d'une attaque de mérule.

Tandis qu'il vaquait à ses travaux, je déambulai, amusé par les toiles cirées sur les tables, les napperons de dentelle sur les buffets, la porcelaine dans les vaisseliers. Il y avait dans les salons d'antiques postes de télévision rebondis, avec des boutons-poussoirs sous l'écran. Les placards étaient remplis de produits ménagers hors d'âge, datant parfois même des années 1960. Les paniers d'osier étaient chargés de journaux anciens et de dépliants publicitaires, de factures et de lettres avec des timbres en francs. J'avais l'impression d'être en vacances chez ma grand-mère. Je n'aurais pas été surpris de la voir s'incarner tout à coup, avec sa blouse et son tablier à carreaux ; elle eût été comme chez elle.

François-Paul veillait donc à ce que les maisons ne se dégradent pas trop. L'été, il ventilait. L'hiver, il chauffait. Il réparait, en s'efforçant de moderniser le moins possible. Il avait tout une collection de vieilles pièces de radiateur ou de chaudières, achetées dans des brocantes.

Mais quel intérêt y avait-il à conserver ainsi ces demeures dans leur jus ?

La réponse me fut donnée par le Baron en personne, que nous rencontrâmes ce jour-là dans la dernière maison de la liste – une bicoque étroite, compressée entre deux autres, dans un hameau à cinq kilomètres d'Handrax.

C'était un homme d'âge indéfinissable, entre cinquante et soixante ans, bien habillé, un peu replet, très *gentleman farmer*, avec une épaisse barbe grise. Ses cheveux ébouriffés n'avaient pas dû voir un peigne depuis longtemps. Il marchait avec une canne, une belle canne en bois noir, avec un pommeau d'argent.

Il était très grand ; debout, il avait quelque chose d'un ogre. Je songeai qu'il devait avoir un gros appétit, et je le vis en pensée dévorer du sanglier, de la biche, des mets rustiques et puissants. Chassait-il ? Je l'imaginais bien avec un fusil et une casquette à oreilles.

François-Paul nous présenta, puis fit un rapide compte rendu de ses visites précédentes, et disparut enfin pour son inspection, me laissant seul avec le Baron. J'étais intimidé ; il en imposait. Il s'assit dans un fauteuil et m'invita à prendre place sur le canapé. L'assise grinça sous mon poids.

Je dis au Baron que j'étais un admirateur de Mouquin, raison de ma présence ici. Il s'éclaira. « Ah ! Henri. Bon peintre. Bon homme, aussi. » Il l'avait connu dans sa jeunesse ; on l'appelait Mouquin-Pinceau, ou Pinceaux, parce qu'il en avait toujours dans ses poches. Il possédait au château (le manoir familial, communément appelé château) quelques toiles de lui, des dessins, des esquisses ; si cela m'intéressait, je n'avais qu'à passer, il me montrerait tout.

Je l'interrogeai alors sur ses vieilles maisons, gardées dans leur état ancien.

– Personne n'en veut, répondit-il. Handrax et sa région n'attirent pas les foules. Quand un vieillard casse sa pipe, les héritiers mettent sa maison en vente ; mais elle peut rester sur le marché pendant des années. Au début, ils l'entretiennent ; puis ils se lassent et n'y pensent plus. La maison tombe alors en ruine ; elle meurt à petit feu.

– C'est pour cela que vous la rachetez ?

– Oui, et aussi par goût. Ces maisons sont un conservatoire du passé. Les derniers propriétaires étaient âgés, la décoration date, tout est d'époque : les meubles, les rideaux, les parquets, les papiers. Entrer là-dedans, c'est entrer dans le passé.

Il fit un geste circulaire.

– Que voyez-vous ?

Je souris.

– Eh bien, une bibliothèque en merisier, contenant quelques volumes ; le fauteuil où vous êtes assis, en cuir vert ; un guéridon, décoré d'un vase vide.

– Un *guéridon*, répéta le Baron. Rien que ce mot !

Il s'esclaffa.

– À votre avis, de quand date la décoration, ici ?

J'hésitai.

– 1972 ?

– 1964. Je me suis renseigné. Visiter cette maison revient donc à se transporter en 1964. Littéralement. C'est la manière la plus efficace et la plus économique de voyager dans le temps.

Le plancher craqua au-dessus de nos têtes. François-Paul.

– Parfois, continua le Baron, on me propose des maisons dont les propriétaires viennent de mourir. Les héritiers, me croyant un hurluberlu, s'imaginent que j'achète tout. Or, une fois sur place, je découvre que la maison a été partiellement rénovée, cuisine neuve, etc. Dans ces conditions, ça ne m'intéresse plus. Je recherche les goûts d'hier, les décors, les odeurs. Les vendeurs ne comprennent pas ; ils croient que je refuse parce qu'il reste des travaux à faire, alors que je refuse parce que des travaux ont été faits.

François-Paul redescendit et s'assit près de nous. Un silence solennel s'installa. Nous étions là, recueillis, plongés en pleine année 1964. Cela dura peut-être cinq minutes ; une voiture passa dans la rue, brisant le charme. Le Baron se leva, appuyé sur sa canne. Nous l'imitâmes.

– Quand j'ai envie de dépaysement, dit-il, je me rends dans l'une de mes maisons. J'y reste une heure ou deux, c'est comme si j'avais fait un long voyage.

Son visage avait quelque chose d'enfantin, une sorte d'exubérance comique qui contrastait avec son allure austère et sa grosse voix.

– Bon. Je vous attends au château, quand vous voudrez.

Il me serra la main, puis s'en alla. François-Paul et moi refermâmes les volets, et regagnâmes Handrax.

– De temps en temps, m'expliqua François-Paul, le Baron s'installe pour quelques jours dans une de ses bicoques, avec sa famille. Cela, dit-il, pour qu'elle revive – la maison.

J'étais charmé par ces manies, que je croyais comprendre assez bien.

– Combien en a-t-il, en tout ?

– Je ne sais pas. Je ne m'occupe pas de toutes.

– Qui d'autre ?
– Je n'en sais rien. Monsieur est très secret.
Il réfléchit, puis :
– Je dirais qu'en tout, il doit en posséder une quarantaine.
– Il est donc riche ?
– Les maisons qu'il aime, hors d'âge, ne coûtent rien.
Soupir.
– Mais il est vrai que, de l'argent, il en a tant qu'il veut.

Première visite au château

Le manoir, sur les hauteurs d'Handrax, était une élégante bâtisse du XVIIIe siècle, flanquée d'écuries (pas de chevaux – le Baron les détestait), avec un parc. Sitôt que je la découvris, je fus séduit ; le Baron avait de la chance d'habiter un si bel endroit et d'avoir les moyens de l'entretenir.

Il m'accueillit en personne et me conduisit dans son bureau, où il avait installé ses Mouquin, descendus spécialement du grenier où ils sommeillaient depuis des années. Je reconnus la patte de mon peintre dans ces petits formats représentant des paysages de l'Allier ; au regard des thèmes et de la manière, je les datai des années 1920 et 1930. Je fis quelques commentaires ; mon hôte m'écouta avec attention, en hochant la tête. Je demandai ensuite la permission de copier les toiles ; il accepta, et promit même de mettre à ma disposition une pièce du château.

Il m'invita ensuite à goûter au salon. Nous traversâmes d'innombrables pièces et couloirs – le manoir était vaste –, tous meublés fastueusement. « Je ne suis pour rien dans cette décoration, expliqua-t-il ; j'ai tout reçu de mon père, qui lui-même l'avait reçu du sien, etc. »

Il avait tout de même transformé certaines pièces en fonction de ses besoins (et de ceux de sa famille – il avait une femme et quatre enfants, dont je parlerai). Par exemple, il avait cassé des cloisons au deuxième étage pour aménager l'espace nécessaire à sa collection de soldats peints, avec lesquels il recréait les batailles napoléoniennes. « Il faudra que vous montiez. J'ai fabriqué tout un décor figurant Bassano, en m'appuyant sur la documentation la plus exacte. Je n'en suis pas mécontent. » Mais ce ne furent pas, ce jour-là, ses soldats que je vis ; quand nous eûmes bu le café et que, soucieux de ne pas le déranger trop longtemps, je voulus prendre congé, il me dit qu'il avait, auparavant, quelque chose à me montrer *impérativement*.

Il me conduisit dans une dépendance, où l'on accédait par la cour gravillonnée, à l'arrière. Il avait fait installer là une *pièce aveugle à sensations tactiles* de son invention. Comme son nom l'indique, c'était une salle sans fenêtre ni éclairage, où l'on pénétrait par une porte donnant sur un sas obscur, muni d'une tenture ; une fois la porte refermée, on se trouvait dans le noir, on écartait la tenture et, tenant de la main gauche un fil d'Ariane fixé au mur, on avançait, en tâtonnant de l'autre main. L'expérience commençait : les murs, qui n'étaient pas droits, étaient garnis de matériaux divers, qu'il fallait caresser. Tantôt doux, tantôt dur ; puis rêche, piquant, soyeux, collant, gluant, lisse, strié, tiède et froid ; une gamme complète de sensations, sans jamais savoir ce qu'on touchait.

Le baron me pria instamment d'essayer.

– Vous m'accompagnez ? demandai-je.

– L'expérience est conçue pour une seule personne, répondit-il. À deux là-dedans, on ne serait pas concentrés. On se gênerait.

Méfiant, j'entrai, poussai la tenture, trouvai le fil. Les doigts de ma main restée libre se posèrent alors sur toutes sortes de choses, parmi lesquelles, je crois : du coton, de la laine, du bois, de la cire molle, de la viande froide, du cuir, du plastique, du papier de soie, des feuilles séchées, de la céramique, du caoutchouc et d'autres textures indéfinissables, souvent agréables au toucher. Un moment, j'eus l'impression fort nette de tripoter un sein ; et je me demandai s'il y avait une femme, offerte à mes tâtements. Je sortis de là décontenancé, sous l'œil ravi du Baron.

– L'artisan qui m'a aidé à créer cette pièce revient souvent pour déplacer les cloisons et changer les matériaux, évitant qu'on se lasse. Ce n'est jamais la même chose.

– Quels sont ces matériaux ?

– Aucune idée.

– Il ne vous met pas dans le secret ?

– Je le lui défends. Sinon, il n'y aurait plus de mystère.

Je m'abstins de l'interroger pour la femme.

– Bizarrement, ajoutai-je en montrant mon nez, je n'ai rien senti.

– L'artisan efface les odeurs, pour empêcher les déductions trop faciles. J'ignore comment il s'y prend.

– Élimine-t-il aussi les goûts ? À défaut de sentir, on pourrait lécher.

Il fit la grimace. Mon idée n'était pourtant pas si bizarre.

– Bien, conclut-il. J'espère que ça vous a plu. Avant que vous ne filiez, une dernière formalité.

Il poussa une porte, voisine de la pièce tactile.

– Une autre pièce à expérience ? demandai-je.

– Un cabinet de toilette. Lavez-vous les mains.

Dîners au château

Je revins comme prévu, avec mon matériel, pour copier les Mouquin. Le Baron m'accueillit avec chaleur, flatté, je crois, que je m'intéresse à son grand-oncle, donc à sa famille, et donc à lui. Il n'avait pas eu le temps de fouiller son grenier à la recherche d'autres toiles oubliées, mais il promit de s'en occuper.

Il me conduisit dans un petit salon lumineux jouxtant son bureau, où les Mouquin m'attendaient sur des chevalets. Je sortis du papier de mon porte-documents, et des crayons de mon sac. Le Baron me regarda œuvrer durant quelques minutes ; posa des questions sur ma façon de procéder, les étapes du processus de copie, etc. ; puis, ayant conclu que tout cela était passionnant, il m'abandonna à mes travaux, non sans m'avoir indiqué la sonnette près du mur, derrière moi, que je n'avais qu'à agiter si besoin.

– Henri est à votre disposition, dit-il.

– Henri ?

– Mon majordome, valet, jardinier, gardien, enfin, mon homme à tout faire. Allez !

Il disparut.

Je travaillai tout l'après-midi sur le premier Mouquin, un paysage de campagne, assez semblable à une autre toile de lui que j'avais déjà copiée – sans doute était-ce le même décor, peint d'un autre point de vue.

Le château était calme ; j'entendis seulement, à deux ou trois reprises, des cavalcades au premier étage, au-dessus de ma tête ; les enfants du Baron qui jouaient. Leur père les avait-il avertis que je peignais sous leurs pieds ? Sans doute pas, sans quoi la curiosité, certainement, les aurait poussés à descendre.

Quand j'avais besoin de reposer mes yeux ou de me délasser un peu, je posais mon crayon et m'approchais de la fenêtre pour contempler le parc, splendide, avec une belle perspective, des massifs harmonieusement disposés et un rideau de chênes tout au fond.

J'eus envie, aussi, de pousser la porte du bureau du Baron, car j'y avais aperçu une bibliothèque immense, qui courait sur deux pans de murs ; mais j'avais peur, s'il m'y trouvait, de paraître indiscret, et qu'il ne me reçoive plus.

Vers six heures, la lumière baissa ; il me devint difficile de continuer. Fatigué, je rangeai mon matériel. Je n'étais pas mécontent ; mes premières esquisses étaient ratées, mais les suivantes étaient bonnes ; j'avais saisi la composition du tableau. J'étais loin du but, mais ce n'était pas mal parti.

Le Baron apparut alors et réclama de jeter un œil à mes papiers ; je dus faire la moue malgré moi – je n'aime pas montrer mes travaux en cours –, car il se ravisa et dit, non sans délicatesse, qu'il préférait attendre le produit fini.

– Henri vous a-t-il apporté ce dont vous aviez besoin ? demanda-t-il.

– Je ne l'ai pas sollicité, répondis-je.

– Ah ?

Il avait l'air déçu, comme si, ayant mis sa piscine à ma disposition, je ne m'y étais pas baigné.

Puis il décréta que je dînerais au château.

– Je ne voudrais pas abuser de votre hospitalité, protestai-je – j'avais plutôt envie de retourner à Handrax, de dîner frugalement et de me coucher tôt.

– Mais non, insista-t-il. La Baronne nous attend. Du reste, ce sera simple. Une soupe, un peu de pain, du vin.

Il me conduisit dans un salon où brûlait un feu et me servit un porto – il adorait le porto, ainsi que le madère, et tous les vins sucrés. La Baronne nous rejoignit ; je la saluai avec respect. Hortense d'Handrax devait avoir cinquante ans, bien que son âge fût aussi difficile à déterminer que celui de son époux. Son visage était austère, comme ses vêtements : longue robe noire, bottines en cuir. Elle ne portait aucun bijou, pas même une bague. Polie, cérémonieuse, elle me posa des questions sur Mouquin, puis sur mon travail au musée. Au bout d'un moment, la porte s'ouvrit, et l'on vit apparaître une tête glabre : c'était le majordome, venu annoncer que le dîner était servi.

– Merci, Henri, lança gaiement le Baron. Faites descendre les enfants et ce sera tout pour aujourd'hui.

Il donna le bras à sa femme et nous passâmes dans la salle à manger où nous rejoignirent Agathe, sept ans, et Marcel, onze, les cadets. Arthur, quinze ans, et Corinne, seize, internes au lycée de Moulins, ne rentraient que le week-end.

Les enfants firent le service. Le Baron avait promis de la soupe, ce n'était pas une formule : nous dégustâmes un velouté de légumes – des légumes du potager au fond du parc, fit remarquer le Baron. Sa femme observa qu'il n'y avait pas de quoi se vanter, car c'était Henri qui s'en occupait. Le Baron haussa les épaules.

La conversation fut animée par Agathe et Marcel, que ma présence rendait bavards.

Quand, à la fin du repas, Marcel eut débarrassé la soupière et rapporté de la cuisine la corbeille de fruits qui feraient office de dessert, Agathe réclama de monter sur mes genoux. Je fus extrêmement surpris ; elle avait tout de même sept ans même si, menue, mignonne, elle en paraissait cinq. Sa mère la gronda : comment oses-tu, etc. Le Baron répliqua en riant qu'il n'y avait pas de mal.

– N'est-ce pas ? demanda-t-il.

Ennuyé d'être pris à partie dans cette controverse éducative, je me résolus à accueillir Agathe sur mes genoux ; elle ne me laissait d'ailleurs pas le choix. Une fois installée, elle se tint parfaitement immobile ; le sommet de son crâne touchait mon menton, et je respirai le parfum de ses cheveux.

Je pris congé vers neuf heures. Le Baron me raccompagna à la grille.

– Revenez quand vous voulez, dit-il. Vous êtes le bienvenu.

Je repartis par la petite route qui serpentait vers Handrax, mon porte-documents à la main (j'aurais pu le laisser au château, ainsi que le Baron l'avait proposé, mais j'avais peur de l'encombrer), en songeant qu'il faudrait, la prochaine fois, offrir quelque chose à la Baronne, des fleurs, peut-être.

Je revins la semaine suivante, pour continuer mes copies. Les Handrax étaient absents ; Henri me conduisit dans la pièce aux Mouquin, sans donner l'air de s'intéresser à moi le moins du monde.

Je travaillai jusqu'à six heures trente. Alors, comme je m'apprêtais à ranger mes crayons, le Baron surgit, tout heureux de me trouver là. Il me pria de l'excuser de ne pas m'avoir reçu lui-même : il avait eu à faire à Moulins, et venait de rentrer. Mais bien sûr, je resterais dîner, « en famille ». Il était si gai que je ne pus me défiler ; nous allâmes prendre l'apéritif.

Je crus que nous retournerions dans le petit salon de l'autre fois, mais le Baron me conduisit dans la direction opposée, vers l'autre aile du manoir. Il marchait vite, tout en causant. Nous débouchâmes dans une vaste cuisine, avec une table immense en bois, flanquée de deux bancs. Trois enfants, deux garçons et une fille, plus jeunes qu'Agathe et Marcel, couraient autour, tandis qu'une jeune femme en tablier, penchée sur ses casseroles, les surveillait du coin de l'œil. À ma grande stupéfaction, le Baron fonça sur elle et déposa un baiser dans son cou ; elle pouffa, se tourna et lui rendit son baiser, sur les lèvres ; après quoi elle me fit un grand sourire.

– Bonjour, Monsieur, dit-elle.

À ces mots, les bambins s'arrêtèrent de courir et, ensemble, telle une chorale, répétèrent :

– Bonjour, Monsieur.

J'étais effaré. Le Baron, sans rien m'expliquer, s'empara d'une carafe et remplit deux verres.

– Tenez. Un rouge sans prétention, mais que j'aime bien.

Il but une gorgée, puis fit les présentations.

– Coralie (la cuisinière), Amandine, Pierre-Yves, Antoine.

Nous passâmes à table. Coralie avait préparé du lapin avec des pommes de terre et des carottes ; le Baron se lança dans une dissertation savante sur les façons d'accommoder le lapin, tandis que les enfants mangeaient avec entrain. De temps en temps, Coralie passait une serviette sur le menton d'Amandine, tout souillé de sauce.

Elle me posa des questions sur Mouquin, les mêmes, à peu près, que celles de la Baronne ; je lui fis donc les mêmes réponses, en m'efforçant de ne pas me couper – comme je le disais à Mme d'Handrax, etc. Le Baron pendant ce temps dégustait pensivement son lapin, sans voir les pitreries des deux garçons qui gigotaient sur leur chaise ; l'ambiance dans cette cuisine était plus détendue que dans la salle à manger.

Quand nous eûmes fini, Coralie voulut desservir, mais le Baron, guilleret, lui ordonna de rester assise et se leva pour débarrasser lui-même, secondé par Amandine qui, trop petite pour tenir les assiettes, emportait les couverts un par un vers l'évier. Coralie souriait aimablement ; je ne savais pas quoi lui dire, et je songeai qu'elle était jolie.

En guise de dessert, le Baron déposa sur la table une corbeille de pommes, comme l'autre fois.

– Du jardin, dit-il. Très juteuses.

Coralie en croqua une sans façon, avec une familiarité sensuelle qui augmenta ma gêne. La Baronne, elle, avait coupé la sienne en quartiers et l'avait dégustée avec sa fourchette.

Les petits s'agitèrent ; elle décréta qu'il était temps de les mettre en pyjama, et se retira pour les coucher. Je la remerciai pour ce dîner ; elle protesta que ce n'était rien et que si Archibald – elle l'appelait Archibald ! – avait eu l'obligeance de la prévenir, elle aurait fait mieux ; puis elle disparut avec les enfants tandis que le Baron, impassible, caressait sa barbe.

Je lui lançai un regard furieux.

– M'expliquerez-vous enfin ce qui se passe ?

Je ne m'appartenais plus.

– Quoi donc ? demanda-t-il.

Il pouffa.

– Allez, s'amusa-t-il, je vous fais marcher. Sortons, voulez-vous ? Je vais vous raconter.

Nous sortîmes par l'arrière du manoir et déambulâmes dans l'allée gravillonnée, le long d'arbres fruitiers. La nuit tombait, il faisait un peu frais, mais, grâce à la lune, on y voyait très bien.

– Vous connaissez Henri, commença le Baron. Mon majordome.

– Oui.

– Eh bien, il y a quelques années, il nous a appris l'existence d'une cousine à lui, Coralie ; cette pauvre fille, à la suite de circonstances malheureuses, avait perdu son emploi et se trouvait dans la gêne. Elle cherchait une place. Henri nous ayant garanti qu'elle était sérieuse et capable, Hortense l'a engagée.

Le Baron s'interrompit pour chercher dans la poche de son gilet sa pipe et sa tabatière – je savais qu'il fumait la pipe, mais c'était la première fois que je le voyais faire.

– Elle est entrée à notre service et, de fait, nous n'avons eu qu'à nous féliciter de l'avoir accueillie.

Il gratta une allumette, embrasa le tabac et tira une bouffée.

– En fait, continua-t-il, elle m'a tant plu que je l'ai courtisée sans y prendre garde. Un jour que la Baronne était absente, elle et moi nous sommes retrouvés dans son lit, de manière impromptue.

Cet accident n'est pas resté sans suite, car elle est tombée enceinte.

Je n'en croyais pas mes oreilles.

– Mais alors, ses enfants…

– Ce sont les miens.

– Tous les trois ?

– Nous avons recommencé.

Je ne savais pas quoi répondre. Le Baron tira d'autres bouffées, empuantissant l'air.

– Évidemment, au bout de quelque temps, il a fallu tout révéler à Hortense. Du reste, elle avait deviné. Elle est fine, vous savez ; on ne peut rien lui cacher, même avec de l'entraînement.

– Que s'est-il passé ensuite ?

– Comme il aurait été injuste et cruel de jeter Coralie dehors, nous l'avons gardée. Je l'ai installée décemment dans une aile inoccupée du manoir, avec la place nécessaire pour élever son enfant.

Nouvelle bouffée.

– Antoine est né. Puisqu'il est mon fils, je m'en suis occupé comme tel.

– Avec la bénédiction de la Baronne ?

– Parfaitement.

J'étais éberlué.

– Je la croyais moins libérale.

– Elle est pleine de qualités.

Nous atteignîmes le bout de l'allée, où nous attendait un banc de pierre. Le Baron s'assit.

– Après cela, le pli étant pris, Coralie et moi avons remis ça.

– Mais alors, m'exclamai-je, vous êtes bigame !

Il se tourna vers moi, surpris.

– Vous croyez ?

Il haussa les épaules.

– Coralie dispose de ses appartements personnels, Hortense et elle ne se croisent jamais – je veux dire, en dehors du service. Sinon, elles se comportent comme une patronne et une employée ordinaires. Elles s'entendent du reste assez bien et causent volontiers ensemble.

Il ricana.

– J'imagine qu'elles parlent de moi.

Nous retournâmes vers le manoir ; je récupérai mon porte-documents et ma boîte à peinture, et il me raccompagna à la grille.

– Je vous attends bientôt pour la suite de vos travaux, dit-il. Dès que vous le souhaiterez.

Il me tendit la main.

– Et si je ne suis pas là pour vous recevoir, Henri s'en chargera. Ou ma femme.

Laquelle ?

Au dernier moment, je ne pus résister à la curiosité, et demandai :

– Où allez-vous, à présent ?

Je voulais dire : dans quelle partie du château – l'aile Baronne, ou l'aile Coralie.

Il ne comprit pas, ou feignit de ne pas comprendre, et répondit d'une voix gaie :

– Je vais me coucher, comme vous.

Fortune du Baron

J'eus bientôt mes habitudes au château, et mes visites étaient ponctuées d'entretiens à bâtons rompus avec le maître des lieux, sur toutes sortes de sujets. Quoiqu'il parût vieille France au premier abord, le Baron avait des idées avancées, et je fus plus d'une fois surpris par sa liberté de ton et par sa franchise lorsque nous abordions des sujets délicats, y compris touchant sa vie personnelle.

Par exemple, il parlait très librement de l'argent, je veux dire le sien. Certes, il n'allait pas jusqu'à m'ouvrir ses livres de comptes, ni jusqu'à détailler son patrimoine, mais il répondait sans difficulté à certaines questions qui auraient embarrassé la plupart des gens ; et il ne croyait nullement que la question fût sale, indigne, ou inconvenante. (Naturellement, il prenait lui-même la liberté de m'interroger sur mes bas de laine.)

Ruinés par la Révolution, les Handrax s'étaient refaits au XIXe siècle grâce aux entreprises industrielles et aux placements judicieux d'un aïeul avisé, le baron Geoffroy. Ces industries avaient disparu, mais sa fortune, intacte, s'était transmise par héritage aux différentes branches de la famille.

« Il y avait au début du siècle dernier un Handrax, l'oncle Ambroise, qui était devenu anarchiste. Ne soyez pas surpris ; c'était courant pour un aristocrate, à l'époque, de se mêler à des poseurs de bombe. Or, cet Ambroise avait honte de sa fortune, qui n'était guère assortie à ses nouvelles opinions. Aussi décida-t-il de s'en débarrasser, en la dilapidant. Il acheta des voitures de sport, des livres rares, des babioles en verre soufflé, toutes choses dont il n'avait aucun usage, sans s'inquiéter de leur prix. Il lança des affaires, finança des journaux, investit des sommes folles dans des projets lunaires. Il aidait ses amis dans le besoin, volait au secours de tous, ne refusait jamais l'aumône. Bref, il flambait.

Quelques mois plus tard, son chargé d'affaires, M. Lambourne, lui communiqua l'état annuel de son patrimoine. Ambroise l'examina avec gourmandise, curieux de savoir combien il avait déjà perdu et combien il lui restait à jeter par la fenêtre. Or, à sa stupeur, il découvrit que son magot n'avait pas diminué et qu'il s'était même un peu arrondi par rapport à l'année précédente ! Il crut qu'il y avait erreur, mais Lambourne lui assura que tout était en ordre ; simplement, ses investissements avaient prospéré, bouchant les trous qu'il avait creusés.

Ambroise ne baissa pas les bras. Comme on avait appris dans les milieux d'affaires qu'il plaçait partout des capitaux énormes, il recevait des sollicitations innombrables ; il y répondit toujours favorablement. Il voyagea, prit des suites à l'année dans tous les palaces, dévalisa les bijouteries, les tailleurs chic, les cavistes, menant le train de vie d'un pacha. Une folie.

Ayant fait de son mieux, il attendit, l'année suivante, la traditionnelle lettre de Lambourne.

Eh bien ! C'était raté. Le chiffre qu'il lut était encore supérieur à celui de l'année précédente ; il avait tout fait pour s'appauvrir, mais il n'était parvenu qu'à s'enrichir.

Il avait abandonné, pourtant, ses investissements anciens, si juteux ; mais, comble d'ironie, certaines combinaisons imbéciles où il avait jeté des millions s'étaient révélées, contre toute attente, de véritables mines d'or. On aurait dit, en somme, qu'Ambroise était maudit.

Peu à peu, il finit par se lasser, d'autant que ses amis anarchistes qu'il avait voulu séduire s'étaient éloignés de lui, ou bien avaient été envoyés en prison. Ambroise coupa les ponts avec ses mauvaises fréquentations, vira à droite, se maria, fit quatre enfants et vécut loin du monde des affaires, toujours formidablement riche, mais sans plus aucun scrupule désormais. »

Lectures du Baron

Le Baron avait subi jadis une opération des yeux ; il avait dû porter un bandeau et s'abstenir de tout effort oculaire ; impossible de lire. Ses enfants étaient trop jeunes pour lui faire la lecture, la Baronne n'aimait pas ça, Coralie ne travaillait pas encore au manoir ; le Baron fit donc passer une annonce : « Cherche personne sérieuse pour une heure quotidienne de lecture à voix haute, bien rémunérée. » Il reçut de nombreuses candidatures et choisit une jeune fille de vingt ans, Rosine, dont la voix lui plut. Deux mois durant, Rosine vint tous les jours au manoir, à six heures ; le Baron s'installait dans son fauteuil avec un cognac, et Rosine sur une chaise à côté de lui, pour lui lire un chapitre. Il avait sélectionné les livres qu'il souhaitait écouter ; elle les prenait elle-même dans la bibliothèque et les y replaçait à la fin de l'heure après y avoir inséré un signet – le Baron ne supportait pas qu'un livre ne fût pas rangé avec soin.

Or, un jour, Rosine se trompa : au lieu du livre prévu, elle tira du rayon son voisin, qui était du même format et de la même couleur[1]. Elle s'assit comme d'habitude auprès du Baron impatient, et ouvrit à la page du signet.

Elle lut le début d'une scène assez leste, qui n'avait aucun rapport avec leur livre en cours.

Empourprée, elle bredouilla qu'elle s'était trompée ; mais le Baron, très calme, répondit que ce n'était pas grave, et la pria de poursuivre. Elle n'osa pas dire non et lut une quinzaine de pages érotiques remplies de mots qu'il est préférable de ne pas recopier, butant sur les plus gras, qu'elle n'avait jusqu'alors jamais prononcés. Enfin, parvenue au bout du chapitre, elle interrogea le Baron du regard pour savoir s'il fallait continuer ou si c'était assez. Le Baron, satisfait, la pria alors de reprendre leur roman de la veille.

---

1. Je soupçonne le Baron d'avoir tout machiné.

« Mais Rosine ne parvenait plus à se concentrer, me dit-il ; elle pensait beaucoup moins à ce qu'elle lisait à présent qu'à ce qu'elle venait de lire. »

Le lendemain, la jeune fille trouva les deux livres déjà prêts sur la table. Le Baron, dans son fauteuil, l'invita à lire, sans précision.

« Elle considéra les deux volumes, puis elle prit le livre érotique et m'en lut un chapitre. Ensuite, l'autre. Comme ça, naturellement. Un cérémonial s'était instauré. »

Le contrat entre Rosine et le Baron courait sur deux mois. Ils eurent le temps de finir l'ouvrage érotique, qui n'était pas très long. Rosine rougissait aux passages sulfureux, mais paraissait ravie.

« Ce furent de beaux moments pour elle, conclut le Baron, aussi bien que pour moi. »

Quand les yeux du Baron furent guéris, il paya généreusement Rosine et lui offrit d'emporter, en cadeau, un livre qu'elle lui avait lu.

Elle prit l'ouvrage érotique, « pour lire à son mari ».

Le Baron voyait de nouveau comme un lynx, mais il continua de se plaindre de temps en temps d'avoir les yeux faibles, pour se justifier d'embaucher des lectrices. Il les choisissait jeunes et fraîches, comme Rosine, et recommençait le même cirque. « Aucune, me dit-il, n'a rompu son contrat. »

Et, souriant :

« Ce vice impuni, la lecture ! »

Le Baron au dortoir

Le baron : « Il ne faut jamais perdre une occasion de retomber en enfance. Séjourner dans l'enfance conserve la santé ; je m'y octroie souvent des congés, et voyez : je ne suis jamais malade, je me porte comme un charme. »

C'était à peine une façon de parler. Le Baron se comportait volontiers comme un enfant ; rappelons-nous ses soldats de plomb. J'évoquerai peut-être aussi son train électrique, qui occupait une pièce entière à la cave, et auquel il jouait parfois du matin jusqu'au soir. Mais une autre manie témoignait mieux encore de son goût pour l'enfance.

Il avait convaincu la direction d'un collège privé de le recevoir de temps en temps, contre paiement. J'ignore si les parents des autres élèves étaient au courant ; sans doute étaient-ils informés par leur progéniture.

Cinq ou six fois par an, le Baron se rendait donc à l'institut Saint-***, à cent kilomètres d'Handrax – un collège religieux, où régnaient des règles inchangées depuis le XIXe siècle et la discipline la plus stricte. Le Baron débarquait avec sa valise : draps, serviettes, trousse de toilette, linge de rechange ; il prenait aussi un manuel de latin ou de sciences naturelles pour étudier dans son lit avant l'extinction des feux. Arrivé généralement vers cinq heures du soir, à la fin des cours, il garait sa voiture à l'entrée, toujours au même endroit, puis s'annonçait à l'accueil comme un client d'hôtel. On le conduisait à l'internat, avec les autres élèves, âgés de dix à quinze ans ; habitués à lui, ils l'incluaient dans leurs conversations et leurs jeux, pour son plus grand plaisir.

À cinq heures trente arrivait le pion, qui faisait l'appel ; rangés en deux colonnes, les internes répondaient « présent » à l'énoncé de leur nom – le Baron comme les autres.

Le dortoir, outre les chambrées de quinze lits, comportait quelques chambres plus petites, à deux lits, réservées aux élèves plus âgés. Le directeur de Saint-*** en avait proposé une au Baron, mais il avait préféré une chambrée. Il disposait d'un lit métallique étroit, pareil aux autres, ainsi que d'une petite armoire pour ses affaires et d'un bureau minuscule, sur le bois duquel étaient gravées des injures.

Interne parmi les internes, le Baron suivait la même règle et les mêmes horaires. Jusqu'à six heures : douche, jeux, repos. De six heures trente à sept heures trente : étude. À sept heures trente : dîner. Le Baron, qui mangeait le même repas que les mômes, n'avait pas droit au vin des pions. Après le dîner, récréation jusqu'à huit heures trente, étude jusqu'à neuf heures trente, extinction des feux à dix heures. Le silence tombait alors dans l'internat, jusqu'à six heures du matin. Huit heures de sommeil ! C'était beaucoup pour le Baron, insomniaque notoire qui ne s'endormait jamais avant deux heures du matin et qui jugeait avoir fait une grosse nuit quand il avait dormi cinq heures. Mais à Saint-***, rajeuni, il sombrait dans le sommeil tout de suite, comme ses congénères de dix ans.

Le matin venu, le Baron continuait de se comporter en parfait collégien. Lit au carré, petit déjeuner. Ce n'est qu'au début des cours qu'il quittait ses camarades – l'arrangement avec le collège ne prévoyait pas qu'il suivît les enseignements. Il les retrouverait le soir, à cinq heures, à l'internat.

La direction envoyait aux parents des bulletins de conduite, chaque trimestre. Le Baron n'y échappait pas ; comme ses parents étaient morts, on envoyait les bulletins à sa femme.

Il me les montra. Les commentaires étaient élogieux. Sujet calme, aimable et discipliné.

« Je n'ai pas de mérite, protestait-il modestement. Je ne séjourne à l'internat que deux ou trois nuits par trimestre ; je ne souffre donc pas, contrairement à mes camarades, du poids de l'ennui, et j'ai moins souvent qu'eux l'occasion de faire du chahut. »

On l'avait puni malgré tout quelquefois pour des batailles d'oreillers, ou pour avoir introduit dans l'enceinte du collège des objets interdits par le règlement.

« Un pistolet d'arçon de 1766, se justifia-t-il. Il tenait dans ma valise ; je me suis dit que cela intéresserait mes petits amis. »

En punition, il avait été collé. Trois heures, sous la surveillance d'un pion.

Le collège, conformément à leur contrat, les lui avait facturées.

Dîners de têtes

Un jour que j'étais au château, mon attention fut attirée par une photo de groupe, sur un mur du salon. Une dizaine de personnes, réunies autour d'une table chargée de victuailles, regardaient l'objectif d'un air suspicieux – le même qu'on voit aux badauds photographiés jadis par des professionnels, à l'époque où cet art était encore jeune. Or, il me parut que les convives ne m'étaient pas inconnus ; leurs figures, pour ainsi dire, me rappelaient quelque chose – du moins, certaines d'entre elles. J'interrogeai le Baron.

– Ah ! s'exclama-t-il. Ne vous ai-je jamais parlé de mes dîners de têtes ?

L'expression m'évoqua un festin charcutier à base de tête de veau, et je ne pus cacher mon dégoût. Le Baron gloussa, ayant deviné à quoi je songeais.

– Vous n'y êtes pas, dit-il. Regardez plutôt.

Il décrocha la photo, puis en sortit d'autres de son secrétaire, qu'il étala sous mes yeux.

– Que voyez-vous ?

– Eh bien, des dîners, toujours dans la même pièce.

– La salle à manger, oui.

Mon regard se fixa sur un personnage typique, qui regardait son assiette d'un air morne. Sa moustache ne trompait pas. Tant pis pour le ridicule, je me lançai.

– Vous allez rire, Baron, mais celui-ci m'évoque Nietzsche.

Le Baron s'esclaffa.
– Nietzsche ! C'est bien lui !
Je demeurai stupide. Il m'expliqua tout.
– J'appelle *dîners de têtes* des dîners de sosies, sosies d'artistes ou d'écrivains, vivants ou morts – plus souvent morts. J'en ai eu l'idée à Cannes, quand je suis tombé dans le hall de l'hôtel sur un monsieur qui ressemblait à Freud – le Freud au cigare de la photo, avec son gilet gris et sa chaîne de montre sortie du gousset. La ressemblance était telle que je n'ai pas pu m'empêcher de lui parler. Il s'est révélé un interlocuteur charmant et cultivé, quoique absolument rétif à la psychanalyse.
Le Baron se servit un scotch au petit bar installé dans le coin du salon (il y avait des bars dans tous les salons, et plus généralement dans tous les lieux stratégiques, pour entamer commodément une conversation partout, sans avoir à s'interrompre pour aller chercher des boissons).
– J'ai toujours été sensible aux ressemblances physiques. Jeune, en vacances avec mes parents dans des stations balnéaires, je m'asseyais sur un banc du front de mer pour regarder les passants, en quête de sosies. J'y passais des heures. Je notais les noms dans un carnet et, de retour à la maison, j'expliquais à ma mère effarée qui j'avais vu.
Il but une gorgée de scotch.
– Je joue toujours à ce jeu. Quand je ne sais pas quoi faire, je vais en ville, je m'installe dans une rue commerçante avec un cornet de glace ou un éclair au chocolat, et j'observe la foule. Évidemment, c'est plus

amusant quand on est deux et qu'on fait un concours : qui en reconnaîtra le plus ? Il faut de la présence d'esprit, un don de physionomiste et un peu de culture.

Je devinai que le Baron ne tarderait pas à me proposer une partie.

– Il y a sosie et sosie, objectai-je. Un joueur peut trouver à un quidam une ressemblance avec telle célébrité, qui ne frappe pas son adversaire. Il faudrait des critères communs, pour que le jeu fonctionne.

– J'y ai pensé, répliqua le Baron. Quand un joueur trouve un sosie, l'autre peut mettre son veto, s'il juge le rapport trop lointain. Cela évite la triche. On peut même imaginer que ce veto fasse perdre un point à l'adversaire.

– Idéalement, fis-je observer, il faudrait un arbitre. Ou un jury. Il noterait chaque proposition sur dix, avec le droit d'infliger des notes négatives pour pénaliser les coups aberrants.

Le Baron se caressa la barbe.

– Certes, ce serait scientifique. Mais je crains que ça ne nuise à la spontanéité du jeu, et qu'il soit moins facile d'organiser une partie au débotté, dès que les circonstances s'y prêtent.

Il se leva, s'installa à son secrétaire et nota quelque chose.

– Bref, reprit-il, ma rencontre avec Freud m'a donné l'idée des dîners. Une fois que j'ai repéré suffisamment de sosies, je les invite au château. Certains à qui on n'a jamais dit qu'ils ressemblent à X ou Y sont surpris ; ceux qui connaissent leur ressemblance sont surpris aussi, car c'est la première fois qu'elle leur vaut une invitation.

– Ils viennent ?

– Certains refusent, ou ne peuvent pas se libérer. Mais en général la curiosité les pousse à se rendre disponibles. Et puis je les dédommage.

Je voulus savoir à quelle hauteur, mais il poursuivit :

– Le jour J, ou plutôt le soir S, je confie mes invités sitôt arrivés aux soins d'un maquilleur-coiffeur embauché spécialement pour parfaire la ressemblance ; puis à ceux d'une costumière. Enfin, quand tout le monde est prêt, je les reçois au salon pour l'apéritif.

Le Baron sourit.

– Là, mon cher, vous ne pouvez pas imaginer : c'est stupéfiant. Un verre à la main, vous évoluez d'une célébrité à l'autre ; on bavarde, on rit. Les invités sont généralement intimidés au début, puis, le champagne aidant, tout s'arrange vite.

Il me tendit une photo.

– Nietzsche, Samuel Johnson, Mme Récamier, le président Coty, Nikola Tesla, George Sand et Churchill.

– Churchill ?

La ressemblance ne sautait pas aux yeux. Le Baron s'offusqua :

– Si, voyons ! Les yeux ! Le menton !

Je haussai les épaules. Le Baron reprit la photo.

– Avouez que ça ne manque pas d'allure. Mon cher Nietzsche, que pensez-vous de ceci ? Tesla, voulez-vous me passer le sel ?

Il éclata de rire.

– Avec des personnalités venues d'époques différentes, on a l'impression de sortir du temps, d'avoir rejoint une quatrième dimension où les grands hommes de tous les âges et de tous les pays cohabitent. D'autant plus que, je vous le rappelle, ils sont costumés : Descartes, par exemple, vient en chemise bouffante, culotte et pourpoint. L'illusion est parfaite.

J'admis que ce devait être impressionnant.

– Cependant, objectai-je, votre Descartes, même costumé, n'a pas la conversation du vrai. Ni votre Nietzsche.

– C'est ce qui est amusant ! répliqua le Baron.

Je croyais avoir touché le point faible de son jeu, mais non.

– Dîner avec le vrai Descartes, ce doit être affreusement rasant. Le mien, incapable de parler métaphysique ou géométrie, a des conversations ordinaires ; je puis causer avec lui de choses banales, à hauteur d'homme. Souvent, chaque invité nous entretient de son métier. S'il y a un boulanger, il parle de son pain ; s'il y a un banquier, de ses sous.

Le Baron pouffa.

– Victor Hugo charcutier, Toulouse-Lautrec aide-soignant ! Vous voyez le tableau ?

– Vous avez dégoté un Toulouse-Lautrec ?

– Oui. Un nain, rencontré pas loin d'ici. Avec une barbe postiche et une canne, il était très bien.

Le Baron finit son verre et s'affala dans son fauteuil.

– J'ai eu Proust à dîner, poursuivit-il. Joséphine Baker. Richard Nixon, les frères Ochsé, Thomas

Jefferson. Les Poincaré. Le dernier shah d'Iran. Bacon, le peintre. Gilbert Chesterton.

Il agita le poignet pour montrer son bracelet.

– Chesterton, horloger de son état, me l'a réparé. Prochainement, j'aimerais inviter Homère, Aristote ou saint Thomas, mais c'est compliqué parce qu'on a peu de portraits : on n'est pas sûr qu'ils seront ressemblants. Ça gâche le jeu.

– En effet.

– Pourtant, quelle soirée ce serait !

Le Baron cherchait depuis longtemps un sosie de Joyce, afin d'organiser une rencontre avec Proust.

– Vous savez qu'ils se sont vus une fois – les vrais, je veux dire –, en 1922.

– Oui, répondis-je. Il paraît qu'ils n'ont rien trouvé à se dire.

– Précisément. Du coup, il ne serait pas difficile, avec mon système, d'obtenir une reconstitution fidèle de ce premier entretien.

J'observai les photographies, en tentant d'imaginer quelle impression cela faisait de causer voitures avec Bergson, ou vacances en Afrique avec Gide[1].

– Faites-vous des dîners à thème ? demandai-je.

– C'est-à-dire ?

---

1. Je songeai plus tard qu'il était sûrement possible d'organiser un dîner avec une seule célébrité, mais à différentes époques de sa vie. Par exemple, le Victor Hugo de 1830, celui de Guernesey, le jeune Hugo peint par Louis Boulanger et le Hugo patriarche, réunis à table. On découvrirait, au passage, s'ils ont le même appétit.

– 100 % politiques. De Gaulle, Waldeck-Rousseau, Danton, Jaurès, Dufaure, Monnerville.

– Monnerville et de Gaulle, cela ferait des étincelles.

– C'est un exemple.

– Cela ajouterait, je crois, une complication excessive. Et puis, l'un des plaisirs de ces dîners, c'est l'assortiment.

J'en convins.

– Croyez-vous, demandai-je ingénument, qu'une fois je pourrais, moi aussi, dîner avec vos têtes ?

Le Baron fit une grimace désolée.

– Hélas, mon cher. Hélas.

– Oui ?

– Vous ne ressemblez qu'à vous-même.

Surnoms du Baron

Hortense ne quittait presque jamais le château. D'une rencontre à l'autre, j'appris à la connaître. Elle était sévère mais surtout très timide, si bien que la conversation était lente à démarrer, et parfois ne prenait pas du tout ; mais elle était exquisément polie. Il était inconcevable pour elle de me laisser repartir sans m'avoir offert le thé et sans avoir pris sur son temps pour bavarder avec moi.

J'avais cru la première fois qu'elle avait cinquante ans mais elle était certainement plus jeune ; elle paraissait vieille à cause de ses robes et de sa coiffure.

Des vêtements décontractés et colorés l'eussent transformée. Il aurait fallu, aussi, qu'elle se détende et laisse libre cours à son petit rire aigu, si charmant. Je parsemais ma conversation de blagues et de calembours, pour la faire céder, mais elle était coriace. C'était une femme de grande volonté.

Elle parlait souvent de son mari, qui occupait beaucoup de place dans sa tête et sa vie. Le Baron, personnage encombrant, captait la lumière dans leur couple. S'étant consacrée entièrement à lui depuis des années, Hortense s'oubliait un peu elle-même. Elle n'avait pas l'air malheureuse pour autant.

Elle l'appelait « mon mari » ou « le Baron », mais il lui arrivait d'employer devant moi son prénom, Archibald. Ce prénom germanique signifie « naturel » et « audacieux » ; fêté les 29 mars, il possède en français plusieurs dérivés – Archambaud ou Archambault, comme dans Bourbon-l'Archambault.

Archibald d'Handrax : difficile à prononcer, à cause des deux *d*. C'est pourquoi le Baron dans sa jeunesse avait raccourci son prénom : Archie, pour dire plus facilement son nom : Archie d'Handrax. Durant son service militaire, qu'il avait effectué en Afrique, ses camarades avaient inventé une palette de diminutifs dont Drax et Chichie. (Un soir qu'il était ivre et en veine de confidences, le Baron me révélerait que Coralie disait parfois Chichie, dans l'intimité.)

Au pensionnat Saint-***, les pions l'appelaient par son nom : Handrax. Cela ravissait ses jeunes congénères, à cause de la ressemblance avec « anthrax ».

De mon côté, je ne me résolvais pas à l'appeler autrement que « mon cher Baron », ou « Monsieur le Baron », ou simplement Monsieur. S'il était gai, il me priait de l'appeler Archibald ou Archie ; mais il eut beau me saouler de scotch pour m'ôter mon corset, je ne déviai pas de ma ligne.

Lui m'appelait Bernard et me donnait du « cher ami », formule qu'il m'arriva d'utiliser à mon tour ; il trouva cela bien, et me pria de toujours l'appeler ainsi.

Formule excellente, car deux fois vraie : il m'était cher, et nous étions amis.

Le club des renifleurs

Un jour que ma promenade m'avait conduit non loin du cimetière d'Handrax, je tombai sur le Baron accompagné d'Arthur, son fils aîné, et de François-Paul. C'était ma première rencontre avec Arthur, robuste jeune homme âgé de quinze ans, cheveux clairs, teint pâle, qui ressemblait à sa mère.

Ils se rendaient précisément au cimetière, « pour l'entraîner ».

– L'entraîner à quoi ?

– À renifler les morts, dit François-Paul.

Comme je prenais une mine ahurie, le Baron m'invita à les suivre.

Nous franchîmes les grilles du cimetière désert.

– Allez, mon grand, dit le Baron à son fils. Concentre-toi.

Arthur prit une inspiration, puis marcha doucement dans l'allée principale, avant de bifurquer vers le côté est.

François-Paul émit un soupir désolé ; visiblement, il fallait aller vers l'ouest. Arthur se retourna, irrité, et fit valoir que le père Bourdier faisait brûler du foin dans son champ, d'où une odeur qui brouillait ses radars. Puis il fit volte-face et repartit à pas lents, en reniflant bruyamment.

– Il croit encore que ça passe par le nez, murmura François-Paul d'un ton désapprobateur.

– Laissons-lui le temps d'acquérir sa technique, répondit le Baron.

– Messieurs, intervins-je, m'expliquerez-vous ce qui se passe ?

Le Baron sursauta, car j'avais parlé fort ; il n'était guère impressionnable, mais nous étions dans un cimetière.

Nous nous installâmes sur un banc près de la grille, tandis que François-Paul rejoignait Arthur.

– Certaines personnes, dont je suis, ainsi que François-Paul, ont le don de détecter la mort.

Je ne dis rien. Il n'y avait d'ailleurs rien à dire.

– Nos sens, à proximité d'un cadavre encore frais, s'alarment. Frais, j'insiste ; avec un cadavre vieux de dix ans, ça ne marche plus. Mais si le mort est jeune, nous le sentons. Ne me demandez pas comment. Nous sentons, c'est tout. Du reste, cette détection peut prendre des formes variées : oppression dans la poitrine, goût poivré sur le palais, etc. Chaque expérience est unique.

Il sourit.

– Voilà ce que nous appelons « renifler les morts ». L'activité correspondante, par conséquent, s'appelle le reniflage.

Le Baron pensait qu'Arthur avait également reçu ce don, et l'entraînait à le développer au moyen d'exercices comme aujourd'hui : lâché dans le cimetière, Arthur devait, au flair, trouver la sépulture d'un défunt inhumé récemment, d'un défunt encore vif, si je puis dire, donc odoriférant.

– La précédente inhumation date de six mois, expliqua le Baron. Elle n'émet plus aucun signal. Le cimetière est silencieux, sauf la dernière tombe creusée.

– Arthur ignore le nom de ce mort, j'imagine ?

– Évidemment. Sinon, il lui suffirait de lire les pierres.

Nos regards se portèrent sur le garçon, qui déambulait nez au vent.

– Notre François-Paul, dis-je, est donc atteint aussi ?

Mon excellent collègue ne m'avait jamais parlé de ce hobby.

– C'est un maître, répondit le Baron, capable de détecter un mort de trois semaines à cinq cents mètres. Arthur est à bonne école.

J'en vins à la question principale.

– Pardonnez-moi, mais à quoi le don de détecter les morts peut-il servir qui justifie que vous le développiez chez votre fils ?

– Ah ! dit le Baron en riant. C'est pour le jeu.

– Quel jeu ?

– Le mieux serait que vous nous accompagniez lors d'une partie.

Il se leva, tout joyeux :

– Ça vous tente ?

Je mets un point d'interrogation mais c'était une affirmation, car il voyait sur ma figure que, intrigué, je n'allais pas dire non.

Quelques jours plus tard, le Baron me téléphona pour me prier de me tenir prêt le lendemain, à sept heures du matin, muni d'un vêtement de pluie et de bonnes chaussures.

Nous étions un lundi ; François-Paul et moi serions libres le mardi, jour hebdomadaire de fermeture du musée.

Le Baron vint me chercher dans sa voiture de sport. Tandis que nous comprimions mon sac à dos dans son coffre minuscule, François-Paul et Arthur nous rejoignirent à bord d'une camionnette jaune moutarde ; nous partîmes tous vers E***, à une heure et demie d'Handrax.

– E*** n'est pas, pour nous, le meilleur terrain de chasse. Mais c'est le plus proche, m'expliqua le Baron tout en conduisant.

– Quel est son défaut ?

– Ville trop petite. Les gens se connaissent bien. Un décès n'y passe pas facilement inaperçu. Alors que dans les grandes villes !

Soupir.

– D'un autre côté, ça rend le jeu plus piquant. Il y a moins de poisson à pêcher, la compétition est plus rude.

Nous stationnâmes à E*** sur un parking proche du centre. Plusieurs renifleurs étaient déjà là : quinze personnes. Avec leurs pantalons larges et leurs chaussures montantes, on aurait dit un club de randonneurs.

– Allez ! s'exclama le Baron. En avant.

Et, se tournant vers moi :

– Quelle équipe suivez-vous ?

– Eh bien, la vôtre.

– Vous nous aiderez à l'emporter.

– N'y comptez pas, me défendis-je. Je n'ai jamais reniflé.

– Justement. Si ça se trouve, vous avez le don sans le savoir.

La règle était simple : chaque équipe avait cinq heures – charge à elle de découvrir le plus de cadavres ignorés.

– Il y en aura forcément ? demandai-je.

– Bien sûr. Savez-vous combien de personnes décèdent par jour, dans une ville comme celle-ci ?

– Non.

– Moi non plus, en fait. Mais en France, c'est un demi-million de citoyens chaque année. Mille quatre cents par jour. Ce serait bien étrange si, sur ces mille quatre cents, E*** n'en avait aucun. Disons donc dix. Sur les dix, trois sont en maison de retraite, leur décès sera constaté dans l'heure. Il en reste sept. Sept ! Plus ceux d'hier et d'avant-hier, pas encore découverts peut-être. Bref, à la louche, vingt-cinq ou trente macchabées nous attendent.

Il se frotta les mains, réjoui.

– Évidemment, si nous jouions à Paris, ce serait autre chose. On ne peut du reste pas jouer très longtemps à Paris, car il y a trop de signaux à capter. Les joueurs s'épuisent. Au bout de deux heures ils sont saturés, il faut mettre un terme à la partie.

Notre équipe était composée du Baron, d'Arthur, de François-Paul et d'un certain Édouard, étudiant en médecine à qui je demandai si ses connaissances médicales constituaient un avantage pour nous ; il répondit qu'elles n'avaient aucun intérêt pour la détection proprement dite, mais qu'elles pouvaient servir s'il fallait s'assurer de la mort d'un mort. Comme je restais dubitatif, François-Paul m'expliqua que les renifleurs parfois détectaient des moribonds très mal en point, qu'ils croyaient déjà passés. Un médecin, lui, s'apercevait facilement qu'ils respiraient encore.

– Le cas échéant, il le ranime ?

– S'il le peut, oui. Les renifleurs ont déjà sauvé des vies.

Il ne sauva cependant personne ce jour-là, et ne découvrit d'ailleurs aucun mort ; au bout d'une matinée entière de course effrénée à travers E***, notre équipe fit chou blanc. Plusieurs fois, nous crûmes avoir trouvé quelque chose : une odeur, une émanation, une vibration ; nous nous mettions alors à fouiller le coin de fond en comble, sonnions aux portes, interrogions les riverains – y avait-il un vieillard parmi leurs voisins, etc. Mais ce ne furent que de fausses alertes.

Au bout des cinq heures, nous regagnâmes le parking.

Notre seule consolation, si je puis dire, fut de découvrir que la plupart des équipes concurrentes n'avaient rien trouvé non plus ; une seule avait découvert un cadavre, une femme seule, dépressive, suicidée dans sa soupente, dont le corps moisissait depuis plusieurs jours.

Nous applaudîmes, et l'équipe fut déclarée victorieuse. Mais j'étais quand même un peu déçu ; j'aurais voulu assister à une découverte. Le Baron me dit qu'il fallait rester philosophe, que l'échec faisait partie du jeu, et que les habitants de E*** n'allaient tout de même pas expirer spécialement pour nous.

– Vous pourriez préparer les parties, dis-je machinalement.

– C'est-à-dire ?

– Missionner quelqu'un pour qu'il en tue cinq ou six en amont, et donne ainsi aux joueurs la joie de les trouver.

Il me lança un regard effaré, comme si c'était moi qui, de nous deux, avais des idées bizarres.

Manœuvres du Baron

Le Baron, trouvant que je ne prenais pas assez d'exercice, m'emmenait randonner dans les environs d'Handrax. C'était un marcheur aguerri, endurant malgré son embonpoint. Il jacassait tout en marchant, ne fermant la bouche que pour admirer un beau panorama ou un arbre remarquable.

Il avait cependant des manies intrigantes, et même irritantes. Par exemple, il changeait brutalement d'itinéraire, coupant à travers champs au lieu de suivre son chemin. Ou alors, ayant fait volte-face, il marchait à reculons pendant quelques mètres, en me priant de l'alerter s'il déviait de sa trajectoire ; ou encore, il tournait la tête à droite et avançait sans regarder devant lui, comme sous l'effet d'un torticolis.

Au début, j'imputai ces pitreries à son excentricité naturelle, et m'efforçai de n'y pas prendre garde ; mais, au bout d'un moment, je finis par me plaindre.

– Allez-vous cesser de faire le zouave ?

– Pardon ?

Il avait l'air sincèrement étonné, comme s'il ne voyait pas de quoi je parlais.

– Votre fureur de marcher à reculons, et de suivre des itinéraires impossibles !

– Ah.

Il s'arrêta et sortit sa gourde. (Il jurait qu'elle contenait de l'eau, mais l'odeur évoquait du cognac.)

– Je croyais que vous auriez compris, dit-il.

– Compris quoi ?

– Les raisons paysagères de ma conduite.

– Eh bien, non.

Il ouvrit grand les bras, comme pour embrasser le décor. Nous étions à la lisière d'un bois ; à droite, une pente douce, herbue, descendait jusqu'à une haie de fougères.

– Que ne voyez-vous *pas* ? demanda-t-il.

La question me surprit ; je ne répondis rien.

– Un panneau publicitaire, par exemple. En avez-vous aperçu ?

– Euh, non.

– L'horrible entrepôt, à la sortie du village : l'avons-nous vu ? Non, ni le centre commercial. En tout cas, moi, je ne l'ai pas vu, car j'ai tourné le dos à un moment précis. Vous, je ne sais pas.

Je commençais de comprendre. Il poursuivit.

– La ligne haute tension, au fond de la vallée : pas vue. L'infecte barre d'immeubles près du champ Perraud : pas vue. Etc.

– Vous sélectionnez ce qui tombe sous vos yeux, conclus-je.

– Exactement, répondit-il. Je compose mon paysage, en éliminant ce qui le gâcherait.

– Vous soustrayez du décor ce qui ne vous plaît pas.

– D'où mes contorsions, mes efforts pour ne poser le regard que sur certains objets et en éviter d'autres. Je reconnais que ça peut être agaçant, pour qui m'accompagne.

– Pensez-vous.

Il sourit.

– Mon humeur, voyez-vous, dépend beaucoup du décor. Aussi, je m'efforce de le dépolluer autant que possible. Exercice difficile, mais nécessaire.

– Comment faites-vous pour tomber juste ?

– C'est-à-dire ?

– Si vous vous trouvez nez à nez avec, mettons, la ligne à haute tension, il ne sert plus à rien de détourner le regard : le mal est fait.

– C'est pourquoi j'anticipe : je tourne la tête avant.

– Vous prévoyez donc tout ?

– Tout. J'ai partout des repères : tel rocher, tel arbre, telle haie, qui me disent quoi faire : regarder à gauche, à droite, en l'air, etc. Grâce à ce système, je puis parcourir des kilomètres sans rien contempler de hideux, dans un décor inaltéré.

Nous reprîmes notre chemin, et je fus attentif désormais aux virevoltes du Baron. À présent que j'en connaissais la raison, elles m'exaspéraient moins ; même, j'y trouvais une certaine grâce, comme aux mouvements d'un gymnaste.

Nous étions sur un plateau, d'où l'on voyait tout Handrax ; il fit un quart de tour sur la gauche et poursuivit en pas chassés, pour ne pas regarder le disgracieux bâtiment administratif construit dix ans auparavant sur la colline d'en face. Ensuite, après un autre quart de tour, il marcha à reculons – j'ignore pourquoi –, et reprit enfin le sens de la marche.

À cet instant, il me parut qu'il vacillait un peu ; il agrippa mon bras.

– Je vieillis, dit-il. Mes entrechats me tournent la tête.

Nous nous assîmes dans l'herbe, pour qu'il reprenne ses esprits.

– Une fois, reprit-il, je suis allé visiter une zone commerciale, dans la banlieue de E***. Vous savez, les hangars colorés, les panneaux publicitaires, les enseignes au néon. J'ai voulu voir ce que donnerait mon système dans cet environnement.

– Et ?

– J'ai tourné sur moi-même comme une toupie, et suis tombé dans les pommes.

Jeux d'enfants

J'ai parlé du goût du Baron pour l'enfance, ainsi que de G.K. Chesterton, qu'il connaissait en sosie.

Chesterton, qui n'en avait pas lui-même, était réputé pour rajeunir en présence d'enfants. Il pouvait passer des heures avec eux. Eh bien, idem pour le Baron. Il jouait souvent avec les siens, et jamais à moitié. Parfois, venu lui rendre visite, je le trouvais en famille – l'une de ses deux familles –, absorbé dans un jeu. Il habillait des poupées avec Agathe, alignait des soldats avec Marcel, jouait au croquet avec Amandine, Antoine et Pierre-Yves. Il inventait aussi ses propres amusements ; son imagination était sans limites. Il adorait les règlements compliqués, pleins d'exceptions et d'astuces. Parfois, il réclamait que je joue avec eux ; ils m'expliquaient alors les règles, que je trouvais incompréhensibles. Du coup, je perdais, pour le plus grand plaisir des mômes qui se moquaient de moi et du Baron qui partageait leur joie.

Ils adoraient les charades, les calembours, le ni oui ni non, etc. Les enfants étaient fort habiles, y compris le plus jeune, Antoine (côté Coralie), un garçonnet très sensible, mais d'une grande maturité. C'était au point que, parfois, les rôles semblaient inversés entre son père et lui. Le Baron se comportait en gamin ; lui, en adulte. Tandis que ses frères et sœurs s'amusaient avec leur père, il prenait volontiers ses distances et me rejoignait sur mon banc ; nous discutions. Causeries fort sérieuses, sur des sujets théoriques. Antoine aimait qu'on lui parle comme à un grand. Il m'écoutait en hochant la tête, tel un savant à qui l'on soumet un problème épineux, puis regardait au loin, méditatif et grave.

Il aimait, comme son père, causer en marchant. Il se déplaçait à la façon d'un philosophe allemand, les mains jointes dans le dos. Nous tournions ensemble autour du parc, moi ralentissant l'allure pour rester à sa hauteur, tandis que, non loin de nous, dans l'herbe, son père, son frère, sa sœur (et, parfois, ses demi-frères et demi-sœurs de l'autre famille) tapaient dans un ballon.

Je quittais le château au bout de quelques heures, sans avoir pu échanger le moindre mot sérieux avec le Baron, mais l'esprit tout rempli de mes bavardages philosophiques avec Antoine, qui ressemblait tant à son père que, à l'embonpoint et à la barbe près, j'avais l'impression d'avoir conversé longuement avec une version réduite, provisoire et grave de mon ami.

L'affaire de la malle

J'accompagnais parfois François-Paul dans sa tournée des maisons. Il m'en faisait découvrir sans cesse de nouvelles ; combien donc le Baron en possédait-il ? Comme F.-P. visitait fréquemment les unes et presque jamais les autres, je crus qu'il manquait de méthode. Je lui posai la question ; il répondit d'un ton offusqué qu'il suivait « un plan très strict ». Je n'insistai pas.

Une fois, comme nous faisions le ménage dans une demeure de maître à M*** – je veux dire, comme F.-P. faisait le ménage, tandis que je déambulais pensivement dans de vieilles pièces obscures qui sentaient le moisi –, je l'entendis jurer à l'étage. Je le rejoignis, craignant qu'il ne lui fût arrivé malheur (il y avait dans ces vieilles bicoques, notamment dans celle-ci, un parfum de mystère qui m'angoissait un peu). Perché sur un tabouret, plumeau à la main, il pourchassait les toiles d'araignée au plafond. Je lui demandai les raisons de sa colère ; il répondit que la malle avait de nouveau disparu.

– Quelle malle ?

– Eh bien, la malle.

Et il me raconta toute l'affaire.

La bâtisse où nous nous trouvions appartenait jadis à une dame quasi centenaire, veuve pendant plus d'un demi-siècle (son mari, soldat aux colonies d'Afrique, avait été assassiné par des indigènes lors d'une embuscade ; son portrait trônait, au salon, sur le linteau de la cheminée). Quand le Baron avait racheté la maison après sa mort, il avait découvert à l'étage une cantine en métal, remplie à ras bord de vieilles lettres. L'ancienne propriétaire, depuis ses vingt ans, avait conservé l'intégralité de sa correspondance. Beaucoup de ces lettres n'avaient aucun intérêt – relances administratives, bons de commande, etc. – mais quelques-unes, personnelles voire intimes, étaient passionnantes ; elles formaient, bout à bout, comme un roman de sa vie. Celles qu'elle avait écrites à ou reçues de son époux, dans ses garnisons aux quatre coins de l'empire, fourmillaient d'aperçus sur la vie dans les colonies et sur le métier de soldat. On y trouvait aussi de nombreuses lettres à des amants – au moins cinq amants différents, y compris du vivant de l'époux.

Le Baron, respectueux de la vie privée, avait proposé aux héritiers de leur rendre la malle, ou de s'en débarrasser suivant leurs instructions – destruction, versement aux archives départementales, etc. Personne ne se donna cependant la peine de répondre, sauf un cousin éloigné qui fit savoir, en termes rugueux, qu'il se contrefichait de ces papiers, et qu'il ne voulait plus qu'on l'embête avec son ancêtre. (Apparemment, elle avait eu avec sa famille des relations houleuses.) Le Baron se jugea donc autorisé à conserver la malle et à la regarder comme sienne, liée qu'elle était à cette maison qui lui appartenait à présent. Il la dépouilla progressivement, à raison de cinq ou six lettres par semaine, « comme s'il rendait visite à une amie, pour boire le thé et prendre de ses nouvelles ».

Il avait d'abord songé à faire classer les lettres, pour les lire dans l'ordre chronologique, comme une sorte d'autobiographie ; mais il n'en fit rien, et s'amusa plutôt à passer sans cesse des années 1940 aux années 1960, des années 1960 aux années 1980, et ainsi de suite. Cette exploration désordonnée du passé de la défunte était captivante ; le Baron avait l'impression de mieux la connaître à chaque fois, et même de l'avoir toujours connue ; de semaine en semaine, il attacha plus de prix à ces feuillets jaunis sous enveloppe (elle avait conservé toutes les enveloppes, décachetées soigneusement, sans doute avec le canif abandonné dans le fond de la malle), et de toutes ses maisons, celle de M*** devint, pour cette raison, sa préférée. C'était comme si le fantôme de l'ancienne propriétaire y vivait, accueillant, bavard, toujours prêt à se dévoiler.

Or, la maison fut visitée par des cambrioleurs. Les indélicats visiteurs, qui manifestement n'avaient guère conscience de la valeur des choses, avaient emporté deux bougeoirs, un vieil appareil photo, et surtout la malle. Comment s'y étaient-ils pris pour la descendre de l'étage et la sortir, c'était un mystère, car elle était horriblement lourde ; mais surtout, pourquoi diable avoir jeté leur dévolu sur elle ? Ils n'avaient pas pu se méprendre sur son contenu, puisqu'elle n'était pas fermée à clef et qu'ils avaient donc pu l'ouvrir. Les courriers qu'elle contenait ne pouvaient intéresser qu'une personne liée à leur destinataire ou à l'un de leurs auteurs. Un amant, peut-être, soucieux de récupérer ses billets ? Mais il aurait été plus simple de les réclamer simplement au Baron, quitte à le dédommager.

Le vol de la malle chagrina beaucoup le Baron. C'était comme si on lui avait dérobé une partie de sa propre vie. Sur les conseils de François-Paul, qui était issu d'une famille de gendarmes, il porta plainte ; mais, vu la nature du bien disparu et sa valeur marchande quasi nulle, les autorités lui firent respectueusement comprendre que son affaire n'était pas prioritaire. Le Baron retira donc sa plainte deux jours plus tard pour ne pas encombrer l'agenda des forces de l'ordre avec un dossier qui n'avait d'importance que pour lui. (François-Paul, à ce point de l'histoire, me fit sentir qu'il désapprouvait cette décision.)

Le Baron fit passer des annonces. Il promettait une belle récompense, garantissant qu'il ne dénoncerait pas les voleurs, et leur proposait même d'abandonner la malle à l'endroit de leur choix, anonymement. Il n'y eut pas de réponse. Le Baron augmenta la récompense. Des plaisantins lui écrivirent alors pour qu'il dépose un sac contenant la somme en liquide dans un lieu public, en échange d'informations sur la localisation de la malle. « Monsieur le Baron est souvent naïf, dit François-Paul, mais il ne tomba pas dans ces panneaux-là. »

Les semaines passèrent ; le Baron désespérait de retrouver sa malle. Il se reprocha de n'avoir pas recopié ou photographié les lettres les plus intéressantes. En même temps, leur charme tenait au vieux papier sur lequel elles étaient écrites, à l'encre délavée, à l'odeur ; au fait, aussi, qu'elles formaient un tout. Il fallait les posséder en vrai, et les posséder toutes.

Trois mois après le cambriolage, un garçon du village sonna au manoir : Jérôme P., une petite frappe bien connue dans la région, un rescapé des maisons de redressement, qui vivotait de travaux au noir et de menus larcins. Henri, épouvanté de le trouver là, voulut le faire déguerpir. Mais Jérôme, d'une voix calme, réclama de voir le Baron d'urgence, pour une affaire de la plus haute importance. Il avait une telle assurance qu'Henri, désarçonné, le fit entrer dans le hall, et le pria d'attendre. Il monta prévenir son maître, qui reçut Jérôme dans son bureau.

Jérôme expliqua au Baron qu'il était son voleur. La malle était toujours en sa possession, il la lui restituerait en échange de la récompense promise – il proposa même de la remonter gracieusement à l'étage de la maison où il l'avait dérobée. Le Baron, comme Henri, fut éberlué par la simplicité tranquille de cet aveu. Il lui demanda comment il s'y était pris pour déplacer la malle, si lourde, et qui était son complice ; le garçon refusa de répondre. Le Baron n'insista pas, et négocia rapidement les modalités de la restitution ; il remit ensuite à Jérôme une avance, réservant le solde pour le jour dit. Jérôme le remercia poliment, glissa les billets dans sa poche, et s'en fut. On aurait vraiment dit un visiteur honnête venu rendre ses respects au Baron, très correct, très aimable.

La malle fit son retour suivant les conditions fixées, sans incident. Jérôme empocha son dû, sous le regard sombre de François-Paul qui, au lieu de cette résolution à l'amiable, aurait voulu que le Baron le priât de corriger ce voyou. Mais Archibald d'Handrax n'avait qu'une parole ; l'important était que sa malle fût revenue, et avec elle le fantôme de la vieille, qu'il s'empressa de libérer le soir même en soulevant le couvercle pour lire au hasard, jusqu'aux petites heures, quelques courriers venus du passé.

Quant à l'appareil photo et aux bougeoirs, le Baron les avait complètement oubliés et Jérôme se garda bien de les lui rendre.

Trois mois plus tard, la malle disparut de nouveau ; cette fois, le voleur n'avait rien pris d'autre. Autant dire que le crime était signé. Il n'y avait dans la maison qu'une chose qui eût de la valeur ; et il n'y avait à Handrax, hormis le Baron et F.-P., qu'une personne à le savoir : le voleur. F.-P., exaspéré, voulut foncer chez les gendarmes ; mais le Baron refusa. Le serviteur protesta : Monsieur ne devait pas se laisser tourner en bourrique par ce gibier de potence, il fallait lui donner sur-le-champ la rouste qu'il méritait, etc. ; mais rien n'y fit.

Une semaine plus tard, F.-P. découvrit avec stupeur que la malle était revenue.

« Monsieur n'a jamais voulu me dire comment il s'y est pris, mais je le devine très bien. Il est allé voir Jérôme et lui a donné de l'argent, comme la fois précédente. »

F.-P. soupira.

« Fatalement, la malle a encore disparu depuis. Trois fois. C'est devenu une sorte d'habitude. Quand Jérôme est acculé, qu'il n'a plus un sou devant lui, il chaparde ; or, il y a une chose qu'il sait pouvoir toujours revendre facilement : la malle du Baron, au Baron. Donc, il la vole. Le Baron lui donne une récompense pour la récupérer, Jérôme la lui rend, et rebelote. »

Nouveau soupir.

« C'est sa façon de lui faire la charité, sans attenter à sa dignité de dur à cuire. Jérôme n'a pas l'impression de mendier : il croit qu'il rançonne. Je trouve Monsieur trop bon. C'est au point qu'il a refusé, pour faciliter les choses à Jérôme, que je scelle la malle dans le mur ou que j'y attache une chaîne. »

F.-P. leva les yeux au ciel.

« Je lui dirai tout à l'heure que la malle est partie. Vous verrez qu'il ne s'agacera même pas. Il ouvrira son tiroir, mettra quelques billets sous enveloppe, la glissera dans sa poche et dira qu'il faudra penser à passer chez Jérôme, ce soir, au retour de la promenade. »

Bulles de savon

Le Baron adorait regarder ses enfants jouer. Un jour qu'Antoine, le cadet côté Coralie, faisait des bulles de savon, son père me pria d'imaginer une bulle énorme, d'un rayon de cinq mètres. Cette bulle aurait des bras, des yeux, un nez, une bouche ; elle tremperait, dans un pot de lotion rosâtre, un petit bâton surmonté d'un rond, puis soufflerait dedans. La pellicule de lotion gonflerait, prenant la forme d'un homme. Cet homme de savon rose s'envolerait, serait poussé un moment par le vent, puis, hop ! Elle éclaterait en silence, sans laisser d'autre trace qu'une imperceptible odeur de viande fraîche.

Idées politiques du Baron

Nous parlions parfois de politique ; non pas de la politique du jour – elle ne nous intéressait pas –, mais des théories, des systèmes, des auteurs. Sur ce sujet comme sur tant d'autres, son érudition était grande. Or, il m'apparut que le Baron d'un jour à l'autre se contredisait, soutenant des idées politiques opposées : défenseur de la propriété privée le lundi, partageux le mardi ; libéral une fois, autoritaire ensuite, etc. Je lui en fis la remarque ; il en convint, mais prétendit que ce n'était pas un signe d'incohérence. Plutôt un indice que toutes les doctrines avaient du vrai, et qu'il était impossible de choisir. « J'ai lu les socialistes, les libéraux, les conservateurs et les réactionnaires. Je veux dire, lu à fond, en remontant aux principes et en suivant les raisonnements jusqu'au bout. Eh bien ! Les socialistes, je trouve qu'ils ont raison. Les libéraux aussi. Les conservateurs également, et les réactionnaires. Tout le monde. Si je laisse mes intuitions de côté et que j'examine loyalement leur point de vue, je tombe toujours sur ce qu'il y a chez eux de logique et d'exact, et je m'y range. Du coup, je tiens des propos inconciliables entre eux, suivant l'auteur que j'ai lu récemment. »

Selon les jours, donc (et selon les itinéraires de nos promenades, qui faisaient mystérieusement pencher ses convictions vers un bord ou l'autre), le Baron parlait comme un émule de Constant, ou de Maurras, ou de Jean Grave, ou de Lénine. Je lui opposais les raisonnements qu'il m'avait tenus la fois précédente ; mais il me prouvait toujours, de son point de vue du jour, ce qu'il y avait de faux dans ceux-ci, si bien qu'à la fin j'étais perdu, ne sachant plus quoi croire, ni en quoi lui croyait. Il me fallait quelques heures après nos causeries pour me nettoyer l'esprit, me rassurer sur mes bases et me rappeler si j'étais moi-même libéral, socialiste, ou ni l'un ni l'autre. J'avoue d'ailleurs, même après tout ce temps, n'être plus sûr de rien.

Justice du Baron

Les habitants d'Handrax parlaient tous du Baron avec déférence et respect, mais aussi avec une sorte d'amitié familière. Il était unanimement apprécié. On le charriait parfois sur sa fortune ; c'était sans jalousie, et sans sous-entendre que cette fortune fût imméritée – la question ne se posait d'ailleurs pas.

L'affaire de la malle me donna à penser que le Baron était généreux. Il subventionnait Jérôme, à sa façon bien spéciale ; n'en subventionnait-il pas d'autres ? Je posai la question au village ; on ne voulut rien me dire, mais je devinai à certaines allusions que le Baron secourait à l'occasion des villageois dans la gêne, suivant une tradition immémoriale. Un silence pudique tombait cependant quand j'essayais d'en apprendre davantage ; le Baron lui-même, quand je l'interrogeai, nia être l'auteur de libéralités quelconques, ajoutant que l'entretien du château lui coûtait bien trop cher pour qu'il pût inscrire à son budget des dépenses charitables. Le sujet était clos, je n'y revins pas.

Le prestige du Baron était tel dans la région qu'on le sollicitait souvent pour arbitrer les conflits quotidiens ; il faisait office de juge de paix officieux, consulté avant toute action judiciaire. Une raison géographique, peut-être, expliquait ce détour : le tribunal le plus proche était à cinquante kilomètres, tout comme le premier cabinet d'avocat, aussi était-il plus commode et rapide de monter simplement au manoir. Plus économique, aussi, car les consultations du Baron étaient gratuites – tout au plus acceptait-il en dédommagement une cagette de haricots, une poule, ou une douzaine d'œufs. Mais il y avait derrière tout cela une raison de fond : on allait le trouver parce qu'on avait confiance en lui et parce qu'on le respectait, comme une tribu son sorcier. Son rapport aux habitants restait un peu féodal, mélange d'autorité charismatique, de crainte et d'amitié.

C'est ainsi qu'on voyait monter au manoir des paysans en bisbille, ou des voisins fâchés ; ils venaient exposer leur affaire au Baron, et réclamer son verdict. J'ai pu, avec l'autorisation des intéressés, assister à une audience. Le litige opposait deux riverains, l'un propriétaire d'un chêne dont l'ombre obscurcissait le salon de l'autre. La dispute durait depuis des années, les adversaires avaient failli en venir aux mains plusieurs fois ; ils avaient finalement pris ensemble le chemin du manoir, à pied, sans se parler, mais sans s'insulter. Ils auraient pu monter chacun de leur côté, pour n'avoir pas à se côtoyer sur la route, mais cheminer ensemble faisait partie de la tradition, comme un début de résolution du conflit. Le Baron accueillit les deux adversaires dans son bureau, écouta longuement leurs doléances ; l'échange de vues fut vigoureux, mais demeura courtois ; on ne se coupait pas la parole et il eût été impensable de hausser le ton. Chacun avait apporté des photos, l'un de son salon tout sombre, l'autre de son chêne ; le Baron y jeta un œil, déclara qu'il connaissait bien les lieux, et qu'il était inutile pour lui de s'y rendre. Il joignit les mains, réfléchit un moment, puis rendit sa sentence : obligation pour le propriétaire du chêne de le tailler sous huitaine. L'intéressé encaissa, sans rien dire. Puis on but du calva, et les voisins plus ou moins réconciliés redescendirent ensemble au village. L'affaire était close, le conflit résolu, le verdict du Baron serait obéi.

– Comment expliquez-vous que la partie perdante s'accommode si bien de votre décision ? lui demandai-je, tandis que les silhouettes des plaideurs s'éloignaient.

– Je l'ignore. Mon intervention a toujours ce genre d'effets pacificateurs. J'aurais dû travailler dans la diplomatie.

Il soupira.

– À moins que ce ne soit mon calva. Il est si bon que les pires ennemis du monde enterreraient la hache de guerre pour le plaisir d'y goûter, de sorte qu'ils arrivent chez moi dans les meilleures dispositions, pensant déjà au verre qui les attend. Mon calva leur a déjà fait parcourir un grand bout du chemin vers la paix ; je n'ai plus grand-chose à faire, juste à ouvrir mon bar.

– À vous entendre, on pourrait croire qu'ils créent des disputes artificielles pour le seul plaisir de venir se réconcilier chez vous, à coups de calva.

– Vous plaisantez, mais je me demande parfois si ça n'est pas le cas.

Je haussai les épaules.

– Et le jour où vous n'aurez plus de calva ?

– Ce sera la guerre civile, je suppose.

Journées interrogatives du Baron

Le Baron s'astreignait parfois, toute une journée durant, à ne s'exprimer que par questions. Il appelait cela les « journées interrogatives ». Comme il ne prévenait pas ses interlocuteurs, ces derniers pouvaient trouver la chose surprenante ou penser qu'il se payait leur tête. Mais ils étaient en même temps charmés parce que le Baron, avec ses questions, donnait l'impression qu'il s'intéressait à eux, et qu'il les mettait en valeur. Un jour que j'étais venu pour la promenade, il me soumit à un feu roulant de questions, sur tous les sujets, du plus simple au plus métaphysique. Chacune de mes réponses appelait une nouvelle question, selon des connexions mystérieuses. Partis de mon dîner de la veille, nous aboutissions à mes opinions sur Wittgenstein ou sur les paysages écossais.

– Que signifient toutes ces questions ? demandai-je.

– N'avez-vous pas compris que c'est aujourd'hui l'une de mes journées interrogatives ?

– Non. Qu'est-ce que c'est ?

J'avais deviné, mais je voulais voir comment il s'y prendrait pour répondre à ma question par une question. Il avait l'habitude, car il dit, du tac au tac :

– Aimez-vous les définitions ?

Et ainsi de suite.

De retour au manoir, il demanda :

– Voulez-vous prendre un verre ?

– Non. J'ai à faire.

– Nous verrons-nous demain ?

J'hésitai.

– Vous ai-je dit qu'il n'y a jamais deux journées interrogatives d'affilée ? précisa-t-il.

Dans ces conditions, j'acceptai.

Le lendemain, il parlait de nouveau normalement. Ses journées interrogatives, m'expliqua-t-il, étaient une manière pour lui de se mettre en retrait, une sorte d'hygiène sociale. Sachant qu'il avait une personnalité encombrante et une certaine tendance à capter la lumière, il s'obligeait par ce moyen à s'intéresser aux autres et à les faire parler d'eux, sans être tenté de parler de lui. Cela marchait bien, et lui permettait en plus d'en apprendre beaucoup sur ses contemporains, infiniment plus que s'il avait discuté avec eux de la manière ordinaire.

– Vous agissez comme une sorte de psychanalyste, en somme.

– Pourquoi dites-vous cela ?

– Le psychanalyste aussi ne fait que poser des questions.

– Vous avez suivi une analyse ?

– Non, reconnus-je.

J'étais un peu gêné. Après tout, je n'avais aucune idée de ce qui se passait dans le cabinet d'un psychanalyste.

– Mais j'imagine, ajoutai-je.

Le Baron réfléchit.

– Vous n'avez peut-être pas tort, dit-il. Je parle comme un psychanalyste.

Nouveau silence.

– La différence avec un psy, c'est qu'avec mes questions, c'est moi que je soigne.

Bathilde et Clotilde

Un jour, le Baron vint au musée en compagnie d'une dame d'environ cinquante ans, menue, très pâle, et qui paraissait désorientée. Je crus qu'il s'agissait d'une nouvelle maîtresse, mais le Baron, qui me prit à part, pendant qu'elle marchait à pas lents dans les salles désertes (c'était l'automne, les rares touristes avaient depuis longtemps déserté Handrax), me détrompa : c'était sa cousine, Bathilde, venue passer quelques jours dans l'Allier. Comme elle avait besoin d'être divertie et qu'elle aimait la peinture, les vieux objets, et toutes les traces du passé (affaire de famille, apparemment), il avait eu l'idée de la conduire au musée.

Bathilde avait une histoire un peu triste. Elle avait vécu, depuis l'âge de douze ans, dans l'ombre d'une amie, une certaine Clotilde. Vive, lumineuse, sûre d'elle, Clotilde l'avait magnétisée ; Bathilde s'était transformée en une sorte de satellite de Clotilde, une réplique affadie, indissolublement liée à elle. Clotilde, prenant son parti de la situation, avait traité Bathilde en esclave et en chienne. Elle avait réclamé d'elle tous les services, obtenu d'elle toutes les faveurs, passé sur elle toutes ses humeurs – et elle lui avait emprunté beaucoup d'argent, car Bathilde était riche.

Comme elles allaient toujours ensemble, les hommes les prenaient toutes les deux : Clotilde d'abord, Bathilde ensuite. Bathilde était en prime. Elle adoptait spontanément les goûts amoureux de son amie, sans songer qu'elle pût avoir des préférences à elle.

Le couple avait duré quarante ans. Quarante ans de soumission, d'effacement, de dévouement. Puis Clotilde était morte dans un accident de la route ; Bathilde, ce jour-là, n'était pas avec elle – pour une fois. C'était un miracle ; mais aussi un désastre : Bathilde était privée tout à coup de son soleil, du centre de son univers, de celle qui lui avait tout dicté depuis toujours – ses opinions, ses joies, ses désirs, sa personnalité. Elle sombra aussitôt dans une profonde dépression, assortie de troubles mentaux.

Les membres de la famille l'accueillirent tour à tour, pour éviter de la laisser seule. « Son état ces derniers temps s'améliore, me glissa le Baron, mais elle est encore fragile. Elle a des absences ; elle ne nous entend plus, ne nous voit plus, reste immobile et molle, comme un pantin sur une chaise. C'est ce qu'elle a été, durant le plus clair de son existence : le pantin d'une autre. C'est pathétique. »

Le Baron la rejoignit – il répugnait à l'abandonner trop longtemps –, tandis que je retournais derrière mon guichet, pour méditer cette histoire.

Au terme de leur visite, ils repassèrent pour me saluer ; Bathilde me tendit une main molle et sourit faiblement. Le Baron, la voyant fatiguée, la soutint par le bras. Je leur ouvris la porte. Ils descendirent doucement les marches du perron, et s'éloignèrent vers la voiture du Baron.

Bathilde se tenait légèrement penchée, comme à la recherche d'un point d'appui disparu.

Jardins du Baron

Presque toutes les maisons du Baron possédaient un jardin, où il aimait à s'installer l'après-midi, aux beaux jours. Parmi ses préférés, il y avait un petit jardin à D***, où il me conduisit pour que nous passions l'après-midi ensemble à deviser, à lire, à boire de la bière et à siester dans de vieux transats en toile, si bas qu'il était impossible de s'en extirper sans se casser le dos. Ce jardin était séparé de la maison par la route ; il était ceint d'un mur en pierres et fermait par une porte en bois défoncée. On s'y sentait délicieusement bien, comme dans le jardin d'un vieux presbytère – le Baron en y pénétrant ne manquait jamais de déclamer les vers célèbres de Gaston Leroux :

Le presbytère n'a rien perdu de son charme,
Ni le jardin de son éclat

Il y avait cependant une chose étrange. La végétation poussait depuis des années (on n'avait plus tondu depuis vingt ans), mais elle n'avait pas tout recouvert ; les herbes étaient hautes, mais ce n'était pas la jungle ; les arbustes, touffus, avaient gardé une forme ; c'était comme un mélange de liberté et de discipline, de friche et de jardin domestiqué. Je fis part de mes observations au Baron ; il hocha la tête et m'indiqua un appentis au bout du terrain, couvert de lierre, avec une porte et une fenêtre au carreau fêlé. Je lui demandai ce qu'il y avait dedans ; il répondit qu'il n'en savait rien, que la clef de la porte ne figurait pas dans le jeu que lui avait remis le notaire, et qu'il n'avait pas osé la défoncer, par peur de déranger le fantôme qui vivait là. Je m'esclaffai ; pourtant, le Baron était sérieux. Il ne voyait pas d'autre explication possible à l'état du jardin que l'intervention régulière d'un fantôme jardinier, armé de cisailles et d'une faux. La propriété, en somme, lui avait été vendue avec son domestique spectral, sans supplément de coût. Et c'est ainsi que depuis quinze ans le propriétaire et son locataire cohabitaient en bonne entente, sans s'être jamais vus, alors même que le Baron avait passé plus d'une fois la nuit sur place, dans son transat, pour le surprendre et le remercier.

Une farce du Baron

Mes travaux sur Mouquin avançaient ; j'avais presque terminé mon manuscrit, et j'avais pris contact avec un éditeur de livres d'art qui se proposait de le publier à petit tirage avec des reproductions. L'affaire, sans être définitivement conclue, paraissait en bonne voie. J'avais intéressé aussi M. Marquois, le maire d'Handrax, à qui j'avais tant parlé de Mouquin qu'il m'avait suggéré d'organiser une exposition pour mettre en valeur les tableaux du musée, dont je rédigerais les cartels. Le Baron avait accepté de nous prêter ses propres toiles et dessins, si bien que nous avions une trentaine d'œuvres à montrer ; l'exposition, sans être gigantesque, serait donc loin d'être ridicule – elle serait en outre la première consacrée à l'artiste, ce qui n'était pas rien.

Le vernissage fut un succès. Tous les membres du conseil municipal et tous les habitués du musée – il y en avait – étaient là, ainsi que des membres de l'association culturelle d'Handrax et, naturellement, le Baron et son épouse. Le maire remercia chaleureusement le Baron d'avoir rendu l'exposition possible grâce à ses prêts ; l'assistance lui réclama un discours pour qu'il évoque son aïeul, mais il détourna élégamment l'attention sur moi, en disant que je connaissais Mouquin bien mieux que lui, que son style n'avait pour moi aucun secret et que c'était à moi de prononcer quelques mots, tâche dont je m'acquittai avec joie et sans difficulté, car j'avais préparé un *speech* pour ne pas être pris de court.

On servit du champagne, offert par la mairie. La foule se pressait ; jamais le petit musée d'Handrax n'avait connu pareille affluence. F.-P. me faisait sans arrêt des clins d'œil, tout heureux de notre réussite, et remplit plusieurs fois ma coupe, si bien que je fus bientôt un peu saoul. Si saoul, en fait, que je fus la proie d'une hallucination : j'aperçus Mouquin. En chair et en os, comme sorti de l'autoportrait de 1930 qui était le clou de l'exposition. J'eus un mouvement de recul. Mon cerveau me jouait un tour. Mon obsession de Mouquin, jointe à ma nouvelle vie provinciale assez solitaire, m'avait rendu chèvre. Pourtant, c'était bien lui ! Je posai mon verre et fonçai vers lui. Mon démarrage attira son attention, et le fit fuir ; il tourna les talons, se glissa entre les grappes d'invités et courut vers la sortie. Il était vif, le diable ; quand j'eus atteint le perron, il avait déjà disparu. Je demeurai sur place, incrédule et penaud, à me demander si je n'avais pas rêvé.

Revenu à l'intérieur, je tombai sur le Baron, les joues rougies et le visage grimaçant. Il contenait à grand-peine un fou rire. Aussitôt, je compris qu'il n'était pas étranger à la scène précédente. Je me plantai devant lui et lui lançai un regard hostile. Il voulut faire comme si de rien n'était, mais tout son corps était parcouru de tremblements, signe de ses efforts désespérés pour ne pas éclater de rire. (Le Baron, la blague sur les lèvres, était incapable de se contenir.)

– N'avez-vous rien à me dire ? demandai-je d'une voix glaciale.

Alors les digues cédèrent, libérant son grand rire généreux.

– Avouez que vous y avez cru, dit-il enfin quand il eut repris le contrôle de lui-même, en séchant le coin de ses yeux.

– Encore un de vos sosies ?

– Oui. Je cherchais de nouvelles têtes pour mon prochain dîner quand je suis tombé sur lui. Il m'a suffi de l'attifer un peu, et de lui donner rendez-vous ce soir.

Je levai les yeux au ciel. Le Baron était si gamin, parfois.

– Allez, dit-il en me donnant une bourrade, avouez que c'était réussi.

Il était si fier de son coup que je ne pus m'empêcher de sourire. Il est vrai que j'avais marché à fond, et que sans doute ma mine effarée valait de l'or.

– Où est-il, à présent, votre sosie ? demandai-je.

– Il nous attend au troquet. Pour me faire pardonner de vous avoir fait tourner en bourrique, je vous invite à dîner ce soir en sa compagnie.

Nous retrouvâmes Mouquin après le vernissage, bien ronds, à cause du champagne – la Baronne elle-même était un peu pompette –, et dînâmes dans un restaurant d'Handrax réputé pour ses viandes. Le sosie, qui s'appelait Bertrand, était un maçon de Moulins. Bien qu'il fût démaquillé, sa ressemblance avec Mouquin restait frappante. Le Baron nous apprit alors que Mouquin, comme tous les artistes, avait mené la vie de bohème et en avait adopté les mœurs correspondantes ; il avait semé des héritiers partout, un peu malgré lui.

Se pouvait-il que Bertrand descendît de Mouquin ?

L'intéressé répondit que c'était après tout bien possible : son propre père était né de père inconnu.

Sur quoi, il engloutit un énorme morceau de bœuf, qu'il mâcha pensivement. Il n'avait pas l'air troublé qu'on fût en train, peut-être, d'éclaircir le mystère de son arbre généalogique.

Nous nous quittâmes vers minuit, après moult digestifs. Je proposai à Bertrand de lui faire une visite privée de l'exposition. Il promit de passer un de ces jours, mais je vis à sa tête que la peinture ne l'intéressait pas beaucoup. Je lui serrai tout de même la main avec émotion, songeant que le sang de Mouquin coulait dans ses veines.

De retour chez moi, j'envisageai tout à coup que cette histoire d'enfant caché pouvait bien être encore une farce du Baron, dont Bertrand serait complice.

Je mourus d'envie de l'appeler sur-le-champ pour en avoir le cœur net ; mais il était tard. Et puis, je ne voulais pas qu'il rît de nouveau de moi, ni être frustré d'une belle illusion.

Manuscrits du Baron

Le Baron avait toujours mille idées de livres à écrire, mais n'écrivait jamais rien. « Je suis très fort pour inventer des sujets, disait-il, activité facile, qui ne requiert qu'une illumination. Comme ces illuminations me viennent toutes seules, mon mérite est nul. Hélas, je suis incapable ensuite de me mettre au travail. Je manque d'esprit de suite. À moins que je ne sois trop exigeant : j'ai peur que le résultat soit différent du projet et je préfère renoncer. »

Le Baron avait tout de même commencé quelques livres, et les avait parfois menés jusqu'à un stade avancé. Je doutai cependant qu'il pût aboutir un jour au point final ; approcher du but le désintéressait pour ainsi dire de ses travaux, et lui donnait l'envie d'abandonner – l'inverse d'un écrivain ordinaire qui, de voir la ligne d'arrivée, se sent un regain d'énergie.

Comme il ne voyait pas d'objection à ce que je fourre mon nez dans ses papiers, je lus ses notes et parcourus sa documentation. Il y avait là-dedans des esquisses, des plans, des débuts avortés et des chapitres en vrac qui, mis bout à bout, formaient de drôles d'œuvres complètes inachevées. J'y retiens notamment ceci :

– Un mémoire en défense d'Elizabeth Nietzsche. (Le Baron était obsédé par Nietzsche et tout ce qui le concernait.) Il contestait que la sœur du philosophe eût trahi sa pensée ; d'après lui, elle s'en était simplement inspirée pour élaborer son propre système, à la façon d'un critique littéraire qui bâtit sa propre littérature en s'appuyant sur celle des autres. Pour n'avoir pas compris cette démarche, on avait mal interprété les troncatures et manipulations auxquelles elle s'était livrée sur les manuscrits de son frère : il ne s'agissait pas pour elle de tromper le monde sur ce qu'il avait dit, mais d'exprimer ce qu'elle avait à dire, elle. Et qui n'était pas ragoûtant, par ailleurs, mais c'est un autre problème.

– Une collection d'études sur des livres écrits en prison. Blum, Sade, Hitler, Wilde, Napoléon (l'île de Sainte-Hélène n'était pas une prison, mais les prisons dorées faisaient partie du programme), etc. La condition carcérale influe-t-elle sur le style ou sur la pensée, y a-t-il un genre en soi du livre de prisonnier ?

– Un traité du lèche-vitrines. « C'est étrange, le lèche-vitrines. On se plante devant un magasin où tout est désirable, mais où l'on n'achètera rien. On sait qu'on ne possédera jamais l'objet contemplé, mais on le regarde quand même, pour se pénétrer de lui ; on tire, du fait de l'examiner, un plaisir second mais réel, qui remplace – et nourrit en même temps – le plaisir premier mais virtuel, qui serait de l'acquérir. Je fais du lèche-vitrines, souvent, comme ces enfants qui contemplent, dans la devanture du marchand de jouets, la petite voiture qu'ils ne pourront pas s'offrir. Ils ne se découragent jamais ; ils y retournent, chaque fois que possible ; savoir qu'ils ne la posséderont pas, au lieu de les en détourner avec un dégoût mêlé de frustration, la leur rend plus chère, les y attache davantage. Idem chez moi. Il y a de quoi réfléchir, je trouve, sur la psychologie humaine, notre rapport aux objets, et notre façon d'espérer sans croire. »

– Une série de biographies sur les frères célèbres d'hommes célèbres. Augustin Robespierre. Raúl Castro. Robert Proust. Lucien Bonaparte. Etc.

– Un traité des coiffeurs en littérature. Moutot, coiffeur et conseiller des grands de ce monde dans *Travelingue* (Marcel Aymé). Celui de Jean Dézert, dans *Les Dimanches de Jean Dézert* (Jean de La Ville de Mirmont) : « On connaît mal le rôle des coiffeurs, Monsieur. J'ose dire que mon art obtiendrait des résultats plus intéressants si le client s'y prêtait davantage. » Laverdon dans *La Double Maîtresse* (Henri de Régnier), spécialiste des poudres. « On reconnaissait un homme poudré par Laverdon à je ne sais quoi de discret et d'audacieux, de subtil et de hardi, d'improvisé et de définitif. » Le coiffeur Alfred, dans *San Antonio*. Alcibiade dans *Le Coiffeur et le Perruquier* (vaudeville d'Eugène Scribe, 1824). Adolphe Pâques, coiffeur de Chateaubriand. Et tant d'autres.

Le Baron traducteur

Le Baron, entre autres marottes, se passionnait pour Haxlaw. William Haxlaw, écrivain, graveur, illustrateur et jardinier de la fin du XIXe et du début du XXe siècle. Très peu connu, même en Angleterre, cet original avait écrit douze livres et réalisé quantité de dessins et gravures qu'avait exposés une galerie de Londres dans les années 1960. Paysagiste également, il avait aussi conçu quelques parcs pour les demeures d'Anglais fortunés, en collaboration avec une architecte qui fut sa maîtresse, Héloïse Kent (anglaise comme lui, malgré son prénom).

« J'ai visité plusieurs parcs d'Haxlaw, disait le Baron, ce sont des splendeurs. Imaginez des vallons compliqués, pleins de cachettes et de secrets, ainsi que d'arbres rares, sous un ciel nuageux ; on s'y promène dans du mystère, de la littérature fantastique et gothique. Derrière un buisson, on trouve une fontaine, puis une grotte. On se croirait dans un conte ; c'est magique. »

Il avait lu tous les livres d'Haxlaw, qu'il rêvait de faire connaître en France.

« Aucun n'est traduit, à part quelques nouvelles fantastiques – pas les meilleures. J'entends réparer ce scandale. Je ferai connaître d'abord son manuel de jardinage, *La Vie dans un parc*, vrai chef-d'œuvre. C'est d'ailleurs plus qu'un manuel de jardinage ; il tient d'abord du livre de sagesse, du traité de morale, du livre d'art. » Le Baron parlait d'Haxlaw avec un enthousiasme invraisemblable. Aussi, quand je le sentais soucieux ou triste, comme le sont souvent les hommes qui pensent, je le priais de m'entretenir d'Haxlaw ; il se reprenait alors tout d'un coup, comme un moteur qui repart.

Si *La Vie dans un parc* n'avait jamais été traduit, ce n'était pas faute de tentatives. Mais aucune n'avait abouti, ce qui ne laissait pas d'intriguer le Baron.

M. Dupin, journaliste, traduisit le premier chapitre au début des années 1910. Mais il toucha ensuite l'héritage d'un oncle d'Amérique, et abandonna ses travaux.

M. Ismaël, étudiant parisien, s'y mit à son tour, pour occuper ses vacances d'été. L'été 1914. Il avait traduit deux chapitres quand il reçut son ordre de mobilisation. Il fut tué lors des premières offensives, et son manuscrit n'a jamais été retrouvé.

En 1920, un M. Sismondi échoue au concours du ministère des Affaires étrangères. En attendant le concours suivant, il s'attaque à la traduction d'Haxlaw, qu'il a lu lors d'un voyage à Londres. Mais deux mois plus tard, le ministère l'informe du désistement de plusieurs candidats mieux classés que lui, qui l'ont fait remonter dans le classement jusqu'au rang du dernier reçu. Prié de prendre son poste en Chine sur-le-champ, il abandonne Haxlaw.

Nouvelle tentative dans les années 1930 par un M. Coste-Floret, qui se tua lors d'une sortie en montagne.

« C'est comme si ce livre s'ingéniait à provoquer des coups du sort pour n'être jamais traduit, disait le Baron. Coups heureux – l'héritage, le concours réussi – et malheureux – la guerre, la mort –, et ce alternativement. Il se peut donc que ma propre tentative, commencée voici trois mois, soit interrompue prochainement. Comme le dernier coup, Coste-Floret, fut malheureux, j'ai bon espoir que le mien sera heureux. »

Le Baron Bartleby

Le Baron, parmi les personnages littéraires, avait une affection spéciale pour Bartleby, le héros de Melville.

– Diriez-vous que vous êtes un Bartleby ? demandai-je.

Il réfléchit.

– Je pense que non, ajoutai-je, car même si vous n'avez jamais fini vos projets de livres, ce qui fait de vous en quelque sorte un Bartleby, vous êtes quand même allé au bout de bien des choses. Vous ne reculez pas devant la mise en œuvre de toutes vos idées.

– C'est vrai, reconnut-il – avec une nuance de regret, comme s'il était déçu de ne pas mériter d'être appelé un Bartleby, catégorie très noble à ses yeux.

– Vous n'êtes pas sujet à cette paralysie qui frappe tant d'artistes, insistai-je, ces gens qui, débordant d'idées, n'en réalisent aucune, de peur que le résultat ne soit pas à la hauteur de leurs intentions.

– Vous avez raison. Je me force, pour surmonter mon dégoût de n'obtenir qu'une œuvre indigne de ce que j'avais vu en rêve.

Soupir.

– Je suis un Bartleby non pratiquant.

Un bon tour de Mouquin-Pinceau

« Vous me réclamez toujours mes souvenirs de votre cher Mouquin, me dit un jour le Baron. En voici un. J'étais jeune, dix ans, peut-être. Mouquin, à l'époque, n'avait pas de domicile fixe ; il vivait à l'hôtel, chez des amis, et parfois chez nous, au château. Mon père l'installait au grenier, pour qu'il ait sa tranquillité et de la place pour travailler. Il se relevait souvent la nuit pour peindre. Or, la chambre de mes parents était située sous le grenier ; ma mère, exaspérée par les bruits de pas de l'artiste au-dessus de sa tête, pria mon père de l'expédier, avec son matériel, dans une dépendance aménagée – celle où j'ai aménagé ma pièce à textures –, ce qui lui permettrait de mener une vie indépendante.

Ainsi fut fait. Mouquin prit ses aises dans ses nouveaux locaux, et ne se gêna pas pour y ramener bientôt des jeunes filles qu'il faisait poser pour lui – et plus, peut-être. Elles étaient assez discrètes pour que mes parents ne s'aperçoivent de rien, mais leurs allées et venues ne m'échappèrent pas. Intrigué, je m'introduisis, un jour d'été, dans l'atelier de Mouquin, tandis qu'il recevait. Caché derrière la porte, voici ce que je vis : une femme très blonde, nue, allongée lascivement dans un décor fabriqué par Mouquin, avec chandelier, assiette de fruits, faux crâne, tissus. Mouquin peignait – je ne voyais pas quoi d'où j'étais, et je m'en fichais : c'était ma première femme nue, j'étais fasciné par ses seins opulents, ses cuisses, et sa toison noire.

Mouquin, tout en peignant, devisait gaiement ; la jeune fille, qui s'appelait Gisèle, gloussait à ses blagues. Au bout d'une heure environ, il la pria de se rhabiller ; la séance était finie. Craignant d'être découvert, je filai.

Je revins le lendemain, espérant la voir de nouveau. Or, surprise : ce n'était plus Gisèle, mais une autre, tout aussi nue, au milieu du même décor – le chandelier, etc. Mouquin la veille avait pourtant déclaré que le portrait de Gisèle était loin d'être achevé ; j'en déduisis qu'il en peignait plusieurs à la fois, et que Gisèle reviendrait le jour suivant. Peu m'importait, d'ailleurs ; sa remplaçante était superbe et je me rinçai l'œil comme la veille.

Le surlendemain, nouveau modèle – une brune de type espagnol, plus belle encore que les précédentes ! Et cela continua, deux semaines durant : une nouvelle fille chaque jour, grande ou petite, jeune ou moins jeune, fine ou replète ; il y eut même une fille contrefaite, à qui manquait la jambe gauche (son moignon était enveloppé d'un bonnet, l'unique vêtement qu'elle portât). Mon éducation à l'anatomie féminine était faite ; ce furent les plus belles vacances de ma vie. Je me considérais le plus chanceux du monde, et riais du bon tour que je jouais à mon grand-oncle.

Ce qui m'intriguait dans ce défilé de créatures, c'était son utilité pour sa peinture. Prenait-il d'elles des morceaux – l'épaule de l'une, la gorge de l'autre – pour les assembler dans un portrait de femme-synthèse ?

Je n'en avais pas la moindre idée, puisque, de ma cachette, je ne voyais pas ce qu'il peignait. Ce mystère, bientôt, m'obséda.

Un soir que Mouquin était sorti, je pénétrai dans son atelier – sa porte était toujours ouverte – pour examiner ses travaux.

Les toiles étaient toutes là, rangées soigneusement contre un mur.

Le croirez-vous ? Je n'y trouvai aucun nu. Tous les tableaux représentaient la même nature morte : le chandelier, l'assiette de fruits, le faux crâne, et les tissus !

Les femmes n'étaient là que pour son divertissement, et pour mon éducation.

Il m'avait bien eu. Comme il avait dû rire, pendant les fausses séances de pose, de me savoir dans son dos, la langue pendante, lorgnant ses amies dévêtues ; et peut-être riaient-elles aussi, s'il les avait mises dans la confidence !

Ces séances, c'était en fait un cadeau qu'il m'avait offert, sans me le dire ; j'aurais dû le remercier. Mais, vexé d'avoir été berné, je ne revins plus, et lui fis la tête pendant quelques jours. Il eut la loyauté de ne rien dire à mon père, et de faire comme si rien ne s'était passé. Nouveau cadeau.

C'était, comme vous voyez, un homme généreux, et qui m'aimait beaucoup. »

Climatologie. L'humeur du Baron était très tributaire de la météo : il était gai quand il pleuvait, et morose quand le soleil brillait. « Je n'ai jamais compris pourquoi il faudrait être joyeux quand il fait beau. Vu le climat dans nos contrées, ne serait-il pas plus logique de l'être quand il pleut ? L'expression même de *beau temps* devrait être combattue. » J'objectai que c'était un phénomène naturel : la lumière bénéfique du soleil nous apporte des vitamines, d'où l'amélioration de notre humeur. Il haussa les épaules et déclara qu'il ne renoncerait pas à son travail d'autorééducation, visant à inverser en lui l'influence du climat et à devenir, à cent pour cent, un homme qui rit quand il pleut.

*

Densitométrie. Le Baron détestait la foule. Un restaurant qu'il adorait lui devenait insupportable s'il était plein. Il en allait de même à la piscine (le Baron nageait admirablement bien), et partout. « Voici ma conception de l'enfer, disait-il : un bistrot plein à craquer, sur la Côte d'Azur, l'été, où les clients font la queue pour être installés à une table minuscule, à côté d'autres tables minuscules que bousculent des serveurs débordés. » (Il n'avait que mépris pour la Côte d'Azur, synonyme de vulgarité, de bêtise et de mauvais goût. Il n'y avait du reste pas mis les pieds depuis des années.) « Parfois, ajouta-t-il, on est pris au piège : on entre dans un lieu qu'on croit agréable, pour découvrir à l'intérieur qu'il est bondé, et qu'on s'y trouvera très mal. » Il soupira. « Je rêve d'une machine pour mesurer à distance la densité de population et déterminer ainsi la fréquentabilité d'un endroit pour une personne délicate dans mon genre. On braquerait le capteur sur la zone à étudier, et la densité s'afficherait, avec un code couleur – de vert à rouge. Ainsi n'irait-on que là où c'est vert, en s'épargnant l'énervement, le sentiment d'oppression, l'irritation des zones rouges. » Il réfléchit un instant puis ajouta : « Et comme je déteste aussi le bruit, ce densitomètre ferait sonomètre. Tout en un. »

*

Très allemand. À propos d'un individu, d'un accoutrement, d'une façon de penser, d'une tournure de phrase, il disait : « C'est très allemand » – alors que la chose n'avait rien d'allemand, ni aucun lien avec l'Allemagne. Je n'ai jamais compris ce que le Baron entendait par « très allemand ». C'était, dans son esprit, un mélange de mauvais goût (« cette robe, très allemande »), de brutalité, de simplisme, de subtilité insuffisante ou, inversement, de sophistication exagérée (la philosophie allemande). En tout cas, c'était dépréciatif.

*

Acquitté. « On ne sait jamais, quand on se lève le matin, si le soir on sera toujours en vie. Pensez à la quantité d'accidents qui peuvent survenir en douze heures ! Infarctus, chute dans le fossé, dans l'escalier, noyade, assassinat. Aussi, chaque soir, je m'émerveille que la journée écoulée n'ait pas été ma dernière, et d'aller au lit en sentant mon cœur battre. Mais aussi, j'en tire des leçons morales. Je ne me dis pas : tiens, je suis encore vivant, mais : tiens, je mérite donc de vivre ! Chaque journée m'apparaît comme un procès dont je suis l'accusé et dont le verdict est rendu tous les soirs ; si je suis là pour l'entendre, c'est que je suis acquitté. Chaque jour est un acquittement. Demain, nouveau procès. Et ainsi de suite. Mais on ne peut pas toujours gagner : à la fin, le procureur l'emporte, et nous serons condamnés. »

*

Aphorismes. Il avait dans sa bibliothèque une collection de recueils d'aphorismes, genre qu'il adorait – il en connaissait des milliers par cœur, au point qu'il aurait pu tenir une conversation entière en ne prononçant que des aphorismes. « C'est un art difficile, le livre d'aphorismes. Il faut qu'ils soient bons ; mais en même temps, il faut que certains soient en fait assez plats, pour que les meilleurs prennent du relief par contraste. Alors, paradoxalement, vous aurez dans les mains un meilleur recueil que si tous avaient culminé, car aucun ne serait ressorti, et le livre aurait paru moins bon. »

Emploi du Baron

Le Baron m'apprit un jour qu'il avait travaillé dans sa jeunesse pour une banque. Cette information me parut tellement insolite que je n'y crus d'abord pas. Le Baron, employé de banque ! Et pourtant, c'était vrai. Enfin, presque. Le Baron avait en fait participé à, disons, une sorte d'expérience.

Le directeur de la banque, un vieil ami rencontré au service militaire, l'avait recruté dans l'idée précise qu'il ne fît *rien*. Absolument rien. La tâche du Baron dans l'établissement serait d'occuper un grand bureau vitré entièrement vide, sans dossiers, sans téléphone ; on n'y trouverait même pas un crayon. Assis sur une chaise à roulettes, le Baron était censé regarder le plafond, ou contempler l'horizon par la fenêtre, en fumant éventuellement des cigarettes et en prenant un air mélancolique et vague, comme s'il était habité par des pensées très profondes. Il n'avait pas le droit de lire, ni de s'intéresser au travail de ses collègues, ni de donner l'impression d'être concerné de près ou de loin par ce qui se passait autour de lui. Il était autorisé à déambuler dans les couloirs, mais à condition de conserver son air ennuyé et absent, et de donner le sentiment d'être un fantôme.

Je demandai au Baron quel était l'intérêt de cette présence muette et improductive. Il m'expliqua alors les intentions de son employeur, qui étaient de frapper l'esprit des autres collaborateurs de la banque pour les pousser à travailler plus durement.

Je crus à un gag, mais c'était très sérieux ; d'ailleurs, cela avait marché merveilleusement.

Les employés, à le voir s'ennuyer dans son bureau, une cigarette entre les doigts, avaient été saisis d'une sorte d'épouvante ; ils avaient spontanément attribué à son inactivité une signification paradoxale : celle qu'il était en vérité très actif. Moins il en faisait, plus ils se convainquaient qu'il préparait en fait un énorme coup, qui ridiculiserait leurs propres efforts. Ils redoublaient donc d'ardeur à la tâche, et leur productivité bondissait.

D'innombrables rumeurs coururent au sujet de cet employé mystérieux. Le directeur n'en démentait aucune, et se contentait d'arborer un petit sourire satisfait, donnant à croire que le Baron et lui étaient de mèche, ce qui renforçait les collaborateurs dans l'idée que le poste de ce personnage était d'une importance capitale. Ils l'en craignaient davantage et lui vouaient une sorte d'admiration inquiète. La torpeur même du Baron était pour eux la preuve irréfutable de sa supériorité hiérarchique, et du danger qu'il représentait pour eux.

Cette comédie aurait pu durer des années, mais le Baron ne tarda pas à fatiguer. Ne rien faire n'est pas si facile qu'il y paraît ; cela demande même beaucoup d'énergie. Au bout de quelques mois, il donna donc sa démission ; son ami directeur l'accepta, ayant su dès l'origine que l'expérience finirait un jour. Mais il fit promettre au Baron de candidater de nouveau chez lui s'il avait, par extraordinaire, envie de travailler un peu ; son oisiveté serait toujours la bienvenue, elle serait même mieux rémunérée la prochaine fois.

Le Baron ne fit pas d'autre tentative. Mais il songeait à envoyer son fils Arthur en stage à la banque, « pour qu'il voie ce que c'est que travailler ».

Sadomasochisme

Comment nous en vînmes à parler de sadomasochisme, je n'en ai plus la moindre idée. Mais je me souviens de cette déclaration du Baron : « Prenez un sadique, qui cingle un masochiste. Le masochiste aime être cinglé. Où est alors le plaisir du sadique, s'il donne à sa victime ce qu'elle demande ? S'il y a pour l'un joie de recevoir, il ne peut plus y avoir pour l'autre plaisir d'infliger. »

Je crois n'avoir rien répondu, et je ne vois du reste pas ce que j'aurais pu répondre.

Le Baron dictateur

– Je suis, vous le savez, attaché à mon indépendance personnelle, me disait le Baron au cours de l'une de nos conversations échevelées. Un vrai libéral sommeille en moi.

– Au point d'attachement qui est le vôtre, répondis-je, je dirais même un anarchiste.

– Si vous voulez. Pourtant, vivre sous une dictature ne m'aurait pas déplu.

– Allons bon.

Je sentais venir la théorie fumeuse.

– L'inconvénient d'une dictature, poursuivit-il, c'est que vous êtes à la merci du dictateur, qui vous refuse en général le droit de vous exprimer, d'agir et de penser. Mais il faut voir la contrepartie : vous êtes dispensé d'avoir à penser et à agir par vous-même. Comme ce doit être reposant ! Nombre de nos contemporains, en secret, ne seraient pas hostiles à l'idée d'être ainsi déchargés de tout effort – décider, choisir, réfléchir ; ils éprouveraient, quoi qu'ils en disent, un grand soulagement, si on annonçait qu'on s'en chargerait désormais pour eux.

Nous fîmes quelques pas en silence – nous conversions surtout lors des promenades : le Baron trouvait qu'il n'y avait rien de plus agréable que de bavarder tout en marchant, grâce à l'oxygénation de la tête qui améliorait la qualité du propos (moyennant quoi, ajoutait-il, bavarder dans une pièce fermée, immobile à une table, est un non-sens).

– Vous vous dites pro-dictature, observai-je, parce que vous vous voyez dictateur.

– Pas du tout ! se récria-t-il. Je partagerais le lot commun, j'obéirais au chef.

– Vous ne tiendriez pas deux jours.

– Peut-être. Il faudrait faire l'expérience. Si, en effet, au bout de deux jours, je découvre que je me suis trompé, on arrêterait les frais.

– Une dictature qu'on peut quitter si l'on n'en est pas content n'est pas une dictature.

Le Baron me considéra avec étonnement. Il n'avait pas anticipé cette objection pourtant évidente.

– En tout cas, reprit-il, je suis sûr que dans la plupart des dictatures, contrairement à ce qu'on dit, les peuples *aiment* leur dictateur. On dit l'inverse à cause des exceptions, en oubliant de considérer la règle.

Je fis la moue ; le Baron me raconta alors deux petites histoires prétendument authentiques, relatives à deux dictateurs déchus. Il ne garantissait pas que les détails fussent exacts, mais l'essentiel, assurait-il, était conforme à la vérité historique.

Première histoire. Il était une fois un dictateur nommé H***, qui tyrannisait son pays d'Orient ; un petit pays très arriéré, recouvert en partie par la jungle, où sa famille régnait sans partage depuis deux siècles. H*** concentrait dans sa main tous les pouvoirs ; il décidait de tout, se mêlait de tout, voulait tout savoir.

Or, le pays voisin, beaucoup plus grand et puissant, trouva soudain que ce régime, dont il s'était pourtant toujours accommodé, avait trop duré ; il envoya son armée. Vu le rapport de force, l'invasion fut rapide ; en deux jours, les troupes avaient atteint la capitale et pris le pouvoir. H*** parvint cependant à s'enfuir. L'occupant le remplaça par un gouvernement élu et aida à l'écriture d'une nouvelle constitution. Quant à H***, il fit l'objet d'un mandat d'arrêt. Mais il était introuvable.

– Il avait disparu ?

– En quelque sorte. En fait, il se cachait dans les villages de la jungle, qui l'hébergeaient à tour de rôle. Les habitants continuaient de le traiter avec les égards dus à son ancien rang ; ils le logeaient, le nourrissaient, et lui offraient toutes sortes de cadeaux, ainsi qu'à sa femme et à ses enfants. Toute une organisation d'exfiltration s'était mise en place, au nez et à la barbe du nouveau pouvoir.

– Les habitants étaient-ils donc hostiles au nouveau régime ?

– Non, au contraire. Ils étaient ravis d'avoir été délivrés de H*** et d'être entrés dans une ère nouvelle. Mais ils conservaient un attachement sentimental à leur ancien tyran, et à l'époque qu'il incarnait. Pour rien au monde, ils n'auraient voulu y revenir, mais pour rien au monde non plus, ils n'auraient voulu le livrer aux autorités. Résultat, pendant plus de trente ans, H*** se promena librement dans le pays, protégé par une conspiration générale. Sa tête était mise à prix, toutes les polices le cherchaient activement, mais rien à faire ; sans doute beaucoup de policiers étaient-ils en secret du côté des habitants. Pour le régime, ce fut un long camouflet : tout le monde savait que H*** était à portée de main, dans la jungle ; et toute la population participait à la farce.

Cette loyauté politique contradictoire, à l'échelle d'une population entière, me laissa songeur.

– H*** a fini par mourir, continua le Baron, mais le pouvoir ignore où il est enterré. Ceux qui savent se taisent. Sa veuve et ses enfants auraient été exfiltrés vers l'Amérique du Sud sous une fausse identité et continueraient de vivre grâce aux subsides envoyés par les habitants.

– C'est comme si, après la Révolution, les Français s'étaient cotisés pour la famille royale en exil, dis-je en souriant.

– Louis XVI n'était pas un tyran comme H***, protesta le Baron. C'est là l'extraordinaire : H*** était odieux mais, déchu, il fut adoré. Allez comprendre.

Il me toisa.

– Par ailleurs, pour la famille royale en exil, mes ancêtres ont donné. Je vous prierai donc de ne pas plaisanter.

Le Baron dictateur (suite)

Deuxième histoire, autre dictateur tombé ; seulement, celui-là n'avait pas été chassé par une puissance étrangère, mais par la population elle-même, qui en avait assez de lui. Du reste il était très vieux au moment de la révolution, et même quasi gâteux ; aussi ne comprit-il pas vraiment ce qui se passait, ni qu'il avait été renversé. Croyant le pouvoir toujours dans ses mains, il continua donc, comme d'habitude, de commander les armées, d'instaurer des taxes et de signer des lettres de cachet. Son peuple, amusé, le laissa faire ; il fut même décidé de lui laisser son palais, et de ne pas trop réduire son train de vie, afin qu'il ne se rendît compte de rien. On pria ses anciens ministres de continuer de jouer leur rôle ; toutes les semaines, ils se rendaient au Palais pour assister à un conseil des ministres imaginaire, sous la houlette du dictateur qui, seul, continuait à y croire. Il pérorait, comme au temps de sa gloire – c'était un terrible bavard, enivré par ses discours –, et prenait des centaines de décisions que les faux ministres promettaient d'appliquer ; les semaines suivantes, ils lui rendaient compte du résultat de ses mesures.

Le vieux ne sut jamais rien de la supercherie ; il mourut centenaire, frappé d'une crise cardiaque à la fin d'un conseil où il avait décidé d'envahir un pays voisin, ignorant que celui-ci était déjà annexé au sien depuis longtemps.

Mélancolie du Baron

Le Baron, parfois, en pleine conversation, changeait de ton brusquement ; de péremptoire et enjoué, il devenait mélancolique, triste et tiède. Sa voix même se transformait, devenait plus basse, plus douce. Il me disait alors des choses comme :

– Vous savez, j'ai l'air de m'intéresser à tout et de trouver tout normal.

– Quoi, tout ?

– Eh bien, tout. (Il faisait un geste avec le bras, un geste las, qui pouvait désigner n'importe quoi. Je suppose qu'il parlait de nos vies laborieuses, des mœurs, des coutumes, de la civilisation – tout, donc.) Mais en vérité je n'y crois pas. Je joue le jeu, parce que je ne vois pas comment faire autrement, mais je trouve tout absurde. J'observe les règles, par politesse, mais ça ne m'amuse pas.

– Je croyais que vous vous amusiez tout le temps, de tout.

Il ne répondait pas. S'amuser tout le temps et ne pas s'amuser du tout s'équivalaient-ils ?

Il disait aussi :

– Je rêve, parfois, que nous repartions à zéro. Qu'une bombe nucléaire rase tout, laissant les survivants amnésiques. La société, les habitudes, tout serait éjecté de leurs mémoires. Il leur faudrait tout apprendre à nouveau, tout recommencer. Rien ne les obligerait à reconstruire à l'identique. Ils fabriqueraient une civilisation toute neuve.

– Vous ne croyez pas à la fatalité ? demandais-je. Si ça se trouve, ils aboutiraient au même résultat que nous.

Grimace.

– Alors, ce serait affreux.

Il soupirait.

– Entendez-moi bien : d'un côté, je suis admiratif des raffinements de notre civilisation, de nos bonnes manières, de nos beaux livres, de notre vaisselle fine, de notre sophistication magnifique. Mais, en même temps, je ne puis m'empêcher de retourner en pensée vers l'état de nature, avant que la société ne soit apparue. Je nous vois, innocents, pauvres, heureux et nus, égayés dans une nature vierge, avec le champ des possibles ouvert devant nous.

Nouveau soupir.

– En tout cas, je m'y vois bien, moi.

La chambre des cartes

– Au fait, me dit le Baron, vous ai-je déjà montré la chambre des cartes ?

Il commençait toujours par « au fait », pour parler de quelque chose qui n'avait rien à voir.

– Non.

– Suivez-moi.

Nous montâmes au deuxième étage du manoir, par le grand escalier. Le Baron sautillait d'une marche à l'autre, suivant son habitude ; il utilisait toujours la moindre volée de marches pour faire de l'exercice, ce qui le dispensait de se surveiller le reste du temps et, pensait-il, l'autorisait à manger trop. Essoufflé, j'aurais eu du mal à l'imiter, surtout qu'il causait en même temps.

Nous pénétrâmes dans une grande pièce sous les combles, remplie de cartes géographiques. Il y en avait des centaines, suspendues par des crochets, déroulées sur des tables ou glissées dans des présentoirs en bois, comme chez les marchands d'affiches.

Le Baron, qui les collectionnait depuis trente ans, en possédait plus d'un millier, souvent très anciennes, et relatives à toutes les régions du monde.

– J'ai espacé mes achats ces dernières années, ma collection ne grossit donc plus. Peut-être un jour y ferai-je du tri, pour ne conserver que les belles pièces.

J'étais fasciné. À ma gauche, une carte des lacs d'Afrique datant des années 1900, avec une légende en allemand. À ma droite, une autre des environs de Die, dessinée à la main au XVIIIe siècle ; une carte routière des années 1950 ; des cartes de la Chine, de la Thaïlande et du Japon. Devant moi, des cartes minières, marines, un planisphère. Plus loin, j'aperçus un fac-similé de la carte de Cassini (la première carte topographique du territoire français), plusieurs cartes orohydrographiques, des plans cadastraux, un plan de Paris de 1800, un plan de Liège, une carte des fortifications de Vauban, et diverses cartes de navigation aérienne plus récentes.

– J'adore les contempler, murmura le Baron.

Il s'approcha d'une table où était étalée une carte de Bretagne, qui devait avoir au moins deux cents ans.

– Elles me donnent l'impression de connaître le monde, de pouvoir m'y repérer. Il se trouve, voyez-vous, que je n'ai aucun sens de l'orientation. Je me perds tout le temps ; je prends *toujours* la mauvaise direction. Le monde à trois dimensions est trop compliqué pour moi. Mais, en deux dimensions, il redevient simple ; impossible de s'y perdre, il suffit de mettre la carte à l'endroit.

Il sourit, amusé par ses propres turpitudes. Puis il se dirigea vers une fenêtre par où le soleil réchauffait la pièce.

– J'ai fait, un jour, le rêve que voici. Hortense et moi partions en promenade en voiture, avec les enfants ; j'avais une vieille carte des années 1960 sortie de ma collection – elle pouvait toujours servir car, dans nos campagnes, le réseau routier ne change guère. Nous arrivâmes dans la petite ville de D***, où nous avions prévu de faire halte. Or, tout de suite, nous trouvâmes cette ville fort étrange. Tout y paraissait à la fois neuf et très vieux. Arthur, qui collectionnait à l'époque les modèles réduits de voitures anciennes, vit plusieurs véhicules pareils aux siens.

Il toussota.

– Sur la place principale, nous trouvâmes un marchand de journaux. J'achetai la presse.

Il s'interrompit.

– Devinez-vous la suite ?

– Non.

– C'est pourtant évident : notre carte de 1960 nous avait conduits à bon port, mais en 1960. C'était une carte à voyager dans le temps. Les journaux titraient sur la visite en France de Khrouchtchev.

– Mais alors, dis-je, si votre carte avait daté de 1940…

– Je me serais retrouvé en zone occupée.

Il pouffa.

– C'eût été gênant : je n'avais pas d'*Ausweis*.

(L'humour du Baron.)

– Et qu'avez-vous vu, en 1960 ? demandai-je.

– Pas grand-chose, car je me suis réveillé en sursaut.

– Zut.

– Comme vous dites. J'ai attendu par la suite de refaire mon rêve, mais il n'est jamais revenu.

Il inspira profondément.

– Je suis quand même allé à D***, avec une *vraie* carte de 1960. Au cas où.

– Et alors ?

– Raté. Ça ne fonctionne qu'en rêve.

La chambre des cartes (2)

Le Baron attira mon attention sur une carte de format moyen, assez récente, représentant des îles.

– Ce sont les Tihamotu, m'expliqua-t-il, un archipel dans l'océan Pacifique. Occupées par les Pays-Bas, puis par l'Angleterre, les Tihamotu ont acquis leur indépendance en 1958, tout en conservant des liens étroits avec l'ancien colonisateur. Les Tihamotais ont mis en place une monarchie parlementaire, et installé sur le trône un rejeton d'une dynastie ancienne, Clemens (prénom néerlandais, héritage de la première époque coloniale). Clemens, dès son arrivée au pouvoir, lança un vaste audit – les Anglais étaient partis avec tous les papiers, de sorte que la nouvelle administration, absolument novice, ne savait rien sur son propre pays. Il n'y avait même pas de carte complète de l'archipel, et personne au sommet de l'État ne pouvait dire combien d'îles il comptait ! Clemens chargea la McDowell Company, une firme anglaise de prospection pétrolière et minière, présente aux Tihamotu depuis des décennies, de cartographier l'archipel. La McDowell se mit au travail et, au bout d'un an, elle rendit à Clemens une ribambelle de cartes magnifiques : ressources naturelles, reliefs, forêts, hydrographie, tout ce que vous voulez. Le roi fut enchanté et, en récompense, il offrit à McDowell une concession de cent ans pour l'exploitation d'une douzaine de mines.

Le Baron s'interrompit pour se moucher.

– Ce qu'il ignorait, reprit-il en pliant son mouchoir, c'est que les cartes étaient fausses. Enfin, incomplètes. Une quinzaine d'îlots du nord de l'archipel n'étaient pas référencés. Il faut dire qu'ils n'étaient habités que par une poignée de villageois isolés, qui vivaient en vase clos. Il n'empêche que, juridiquement, ces îlots appartenaient aux Tihamotu, et qu'ils auraient dû être indiqués sur les cartes. D'autant que – et c'est le croquant de l'affaire – leur sous-sol était fabuleusement riche, et que leurs forêts regorgeaient d'arbres rares, appréciés par les fabricants de meubles de luxe. La McDowell Company, qui l'avait évidemment fait exprès, s'est donc installée sur ces îles sans rien dire, pour creuser des mines et exploiter la forêt, à l'insu du roi. Elle avait privatisé les terres les plus riches, en s'arrangeant pour qu'il n'en sache rien ! Le comble, c'est que ces îles étaient aussi très belles, avec des plages somptueuses et des criques idylliques ; du coup, McDowell y a créé des bungalows pour ses dirigeants, qui venaient y passer leurs vacances !

Le Baron s'esclaffa, admiratif de ce culot.

– Au bout de dix ans, Clemens voulut voyager dans son pays, pour se rendre compte des conditions de vie de la population – le niveau de revenus était correct à Tombereau, l'île principale, mais il était très inégal dans les autres îles. L'administration tihamotaise organisa son périple en collaboration avec les transporteurs locaux – le moindre déplacement dans l'archipel nécessitait beaucoup d'avions et de bateaux. Or, les deux compagnies aériennes et maritimes présentes aux Tihamotu, Silverstar Ltd. et McDTS (McDowell Transport Society), appartenaient au groupe McDowell. McDowell fit donc voyager le monarque dans tout l'archipel, en évitant soigneusement les îles du Nord. Très content de son voyage, Clemens dispensa McDowell d'impôts pour un an. Plus elle le prenait pour un imbécile, plus il était content.

– La supercherie a-t-elle pris fin ?

– Oui, au bout de vingt ans, par accident. Il était stipulé dans les contrats de concession minière que la McDowell devait rendre compte chaque année de ses résultats d'exploitation. Or, une fois, un étourdi a inclus dans le rapport les bénéfices tirés des îles secrètes. L'administration tihamotaise, intriguée, a envoyé une délégation sur place, et le pot aux roses a été découvert.

– Tout est bien qui finit bien.

– Oui, sauf que McDowell en vingt ans avait tout raflé : le minerai était épuisé, les forêts étaient rasées. Il ne restait qu'un peu de charbon, dont Clemens confia l'extraction à une société allemande venue offrir spontanément ses services. La Grumberg GmbH.

– Une filiale de McDowell ?

– Devinez.

Un correspondant du Baron

Passant à l'improviste, je trouvai le Baron dans le salon, occupé à faire son courrier. Mon regard tomba sur sa lettre, que je déchiffrai à l'envers. Elle commençait par ces mots : « Chère vieille ordure ».

– Grands dieux, dis-je, à qui écrivez-vous ?

(J'aimais employer, avec lui, l'expression « grands dieux ». Lui aussi, tout comme « diable », « tudieu », etc.)

– À Pascal P***, répondit-il sans lever les yeux.

– Et pourquoi l'injuriez-vous ?

– Il en use de même avec moi, rassurez-vous. Si vous voyiez ses lettres, vous trouveriez même que je suis poli.

Je dus prendre cet air un peu bête qu'il me reprochait souvent, car il fronça les sourcils, reboucha son stylo, et m'expliqua tout.

– Pascal P*** et moi nous sommes fréquentés jadis, quand j'avais vingt ans. Nous appartenions aux mêmes cercles, buvions aux mêmes comptoirs avec les mêmes amis, etc. Mais un jour, nous nous sommes fâchés. Fâchés à mort. Mis en présence l'un de l'autre, nous en venions inévitablement aux mains ; aussi nous évitions-nous.

Il s'interrompit pour placer son stylo parallèlement à la feuille – ses petites manies, qui me faisaient sourire.

– Un jour, j'eus la surprise de recevoir une lettre de lui. Une longue lettre. Son adresse figurait au dos de l'enveloppe, pour que je réponde. Je crus que ce serait une lettre d'excuses, une proposition de cessez-le-feu, mais non : c'était un torrent d'injures et de sarcasmes. Je dois l'avoir gardée dans mes archives : c'est un document, inventif dans la forme, témoin de la folie du bonhomme, mélangée d'arrogance et de bêtise.

– Vous lui avez répondu ?

– Je n'allais pas laisser une telle attaque sans réplique. J'ai pondu une missive plus courte, mieux écrite – le contraire de la sienne, logorrhéique et inepte –, et très violente.

Il se leva et se dirigea vers le bar.

– Il a répliqué. Cela dure depuis trente ans.

– Vous vous écrivez des lettres d'insultes depuis trente ans ?

– Oui.

Qu'on pût dépenser pendant trente ans de l'énergie et des timbres pour agonir un homme au nom d'une brouille de jeunesse, voilà qui dépassait l'entendement.

– Vous avez l'air de trouver ça sot, dit le Baron, mais c'est en fait un exercice assez sain. Déjà, cela témoigne d'une forme de fidélité entre nous, ce qui mérite d'être souligné. Ensuite, vous n'imaginez pas comme c'est agréable, d'avoir sous la main un correspondant qu'on peut traiter de tous les noms. Nous nous adressons tout ce qui nous passe par la tête. Outrages. Calomnies. Diffamations. Moqueries.

Il sourit.

– Comme nous nous sommes tout à fait perdus de vue, nous ne nous connaissons plus du tout. Nous n'avons qu'un vague souvenir l'un de l'autre. Du coup, nos injures tombent généralement à côté de la plaque, loin de la réalité. Nous insultons l'image que nous avons gardée l'un de l'autre. Je l'accuse d'être un gauchiste, il m'accuse d'être un voleur. Je l'accuse d'être un puceau, il m'accuse d'être fanatique. (J'adoucis, car nous employons des termes plus crus.) Tout cela, arbitrairement, au fond, sans aucune base.

– Quelle est la fréquence de vos rapports épistolaires ?

– Deux lettres par an, en janvier pour nous souhaiter de crever dans l'année, puis pendant l'été, afin de ne pas perdre l'habitude. Parfois, c'est plus.

– Puis-je lire ces lettres ?

Le Baron sourit, et fit un bruit qui voulait dire non.

– Le plus drôle, dit-il, c'est que nous ne nous reconnaîtrions pas dans la rue. Si ça se trouve, nous nous sommes déjà croisés.

– Où vit-il ?
– Paris.
– Le risque est maigre.
– On ne sait jamais. Je vais à Paris de temps en temps.
Il me tendit un verre.
– Après toutes ces années, du reste, je ne sais plus pourquoi nous étions fâchés.
Il haussa les épaules.
– C'était sûrement très grave.

Exaspérant Baron

Souvent, le Baron m'énervait. Il avait tant de tics, de manies, de lubies ! Il me faisait tant de mystères, prenait un tel plaisir à me faire mariner et tourner en bourrique, se comportait si souvent avec moi comme un maître avec un élève, ou Socrate avec un disciple, ou encore un prestidigitateur avec son spectateur ! Or je ne voulais être ni son élève, ni son disciple, ni son spectateur. Je le lui disais, vivement, lorsqu'il me poussait à bout. Il prenait alors un air étonné, comme s'il ne comprenait pas ma colère ; il avait une manière bien à lui de jouer les innocents, qui me mettait au comble de l'exaspération. J'avais envie de le planter là, de claquer violemment la porte du manoir, de n'y plus revenir jusqu'à ce qu'il me demande pardon, en suppliant. Et en même temps, allez comprendre !

C'est dans ces moments de suprême agacement que je l'aimais le plus, et que sa société m'était la plus délicieuse. Il le savait, et il en profitait. « Vous vous plaignez que je sois pénible, disait-il, mais vous vous ennuieriez, si je l'étais moins. » Il ajoutait : « C'est, je crois, l'une de mes missions sur cette Terre : mettre hors de soi mon entourage, et lui peser sur les nerfs. Je ne sais pas bien à quoi sert pareil don, mais ce n'est pas à moi d'en juger : j'accomplis la volonté de la nature qui me l'a donné, et je persévère dans mon être. Le jour où je n'énerverai plus personne, c'est que je ne serai plus à la hauteur de ma tâche ; je n'aurai plus alors qu'à me jeter au fleuve. En attendant, je vous tourmente, et c'est très bien. » Il tenait le même discours à sa femme, qui fulminait : « Dieu que vous êtes énervant, Archie ! » Il le prenait pour un compliment et répondait, tout content : « Merci. » On avait envie de l'étrangler, on l'aimait plus que jamais.

Langues du Baron

Le Baron se passionnait pour les langues étrangères. Ses préférences le portaient vers des langues pratiquées par des populations minuscules, qui ne lui serviraient jamais, ainsi que vers les langues mortes. Il parlait ainsi le latin couramment et l'employait volontiers dans sa vie quotidienne. (J'ai assisté à plusieurs repas familiaux où il réclamait du sel et proposait du vin dans la langue de Plaute. Ses enfants lui répondaient en latin aussi, sans la moindre faute. Ses enfants légitimes, je veux dire ; à ses bâtards, je crois qu'il avait appris le grec.)

Un jour que je lui rendais visite, je le surpris devant le miroir de la salle à manger. Il s'examinait le faciès en chantonnant : « Oh, oh, oh, oh », en variant la hauteur et la durée des syllabes, mais sans dire autre chose que « oh ». Je ne reconnaissais pas la mélodie ; peut-être inventait-il. Il était assez ridicule.

– Je m'exerçais, expliqua-t-il quand il s'aperçut de ma présence.

– À quoi donc ?

– À parler haut.

– Pardon ?

– Ô, avec un accent circonflexe.

– Qu'est-ce que c'est, ô ?

– Une langue rare, pratiquée par des tribus de Mongolie, et dont la particularité est de n'avoir qu'un son : ô.

Il chantonna de nouveau.

– C'est étrange, dis-je.

– N'est-ce pas ? Comme il n'y a qu'un seul son, la variété de messages possibles est limitée. On recourt donc à des variables : la hauteur, le volume, le timbre de la voix, etc. Les tribus qui parlent l'ô excellent dans ces complications, et leurs membres sont capables de tenir des discours très complexes sans utiliser d'autre son que « ô ».

Le Baron me fit écouter une bande magnétique (il possédait un lecteur énorme, dont il prenait grand soin) enregistrée dans les années 1960 par un anthropologue. C'était une conversation entre trois locuteurs ô. On aurait dit un trio de cantatrices folles, ou une parodie de musique d'avant-garde.

– Les locuteurs ô savent passer très vite du grave à l'aigu, et changer de timbre plusieurs fois dans la même phrase, pour imprimer le maximum de nuances à la seule syllabe dont ils disposent. Leur gosier et leurs cordes vocales se sont adaptés, et sont du coup un peu différents des nôtres.

Le Baron laissa tourner la bande, admiratif et rêveur.

– Le ô ne s'écrit pas, précisa-t-il. C'est une langue purement orale. Des chercheurs ont tenté de transcrire des phrases, mais les systèmes d'accents disponibles sont trop frustes pour la variété des ô. Il faudrait créer des accents supplémentaires et toute une signalétique pour la longueur de chaque syllabe, son timbre, etc. Ce serait illisible.

– En tout cas, dis-je, à la fois perplexe et époustouflé, vous parlez le ô.

– Je baragouine.

Je voulus demander à quoi cela pouvait servir, mais j'eus le réflexe de me retenir, devinant qu'il aurait trouvé cette question idiote, voire choquante. À la place, je fis un calembour :

– Enseigne-t-on le ô aux Langues O' ?

Il haussa les épaules et me fit savoir, froidement, que je n'étais pas le premier à le faire.

Je m'aperçois que je n'ai guère parlé de la Baronne dans ces pages. C'était pourtant une femme surprenante. Au début, elle me faisait un peu peur : elle était si sévère, si stricte ! Très à cheval sur les bonnes manières, aussi, de sorte que j'avais toujours la hantise de commettre un impair, et qu'elle me juge un sagouin. (Je n'exclus pas que c'eût été le cas.) Mais, au fil du temps, je découvris qu'elle était plus souple et plus libérale que je ne l'avais cru. Parfois, je tombais sur elle au château ; son mari n'était pas là. Elle m'offrait toujours le thé. J'avais cru au début que c'était par simple politesse, mais elle aimait vraiment nos petits entretiens. Bien qu'elle fût réservée, pudique à l'extrême, elle me parlait un peu de ses goûts, de ses préférences. Je découvris qu'elle aimait la poésie ; qu'elle jouait très bien du piano ; et j'appris que si elle avait dû exercer un métier, elle eût désiré être avocate.

J'appris, aussi, à voir la beauté de son visage ; une beauté qu'elle préférait cacher, masquer, en arborant une coiffure stricte, et des vêtements sombres et simples. Un jour, profitant qu'elle était d'humeur joyeuse, je lui suggérai de détacher ses cheveux, « pour voir » ; elle rougit ; je craignis de l'avoir blessée, mais elle s'exécuta, « pour me faire plaisir » ; et je vis que cela lui faisait plaisir à elle aussi. Depuis ce jour, du reste, il lui arriva plus d'une fois de laisser ses cheveux dénoués.

Elle regardait souvent par la fenêtre, avec un air mélancolique. Je me disais qu'elle était sûrement pleine de rêves, et même romantique, en secret. Était-elle une femme triste ? Elle me lança un jour, de but en blanc, qu'elle était heureuse auprès de son époux, et qu'elle le serait toujours. Elle avait compris que je la croyais une Emma Bovary et voulait me détromper.

Un trait de son caractère : elle était mauvaise joueuse. Jamais nous ne pûmes finir une partie de rami, de whist, de scrabble ou de rien, si elle ne menait pas au score : perdre la mettait hors d'elle. Elle s'emportait, fulminait, accusait plus ou moins son mari de tricher, puis ses enfants, et jusqu'à moi, sans mâcher ses mots ; elle jetait ses cartes, criait et finissait par tout envoyer valser, avant de se retirer dans sa chambre en jurant. Le Baron, qui avait l'habitude, comptait tranquillement ses points, tandis que les enfants riaient.

L'inconvénient, c'était qu'elle restait fâchée ensuite pendant plusieurs jours. Elle adorait pourtant les jeux, les jeux de cartes, de société, tout.

Dès qu'elle était calmée, elle réclamait sa revanche.

Parler en mangeant

Un jour que nous déjeunions avec F.-P. à la brasserie d'Handrax, le Baron nous tint ce discours, au sujet du bavardage pendant les repas. « Je ne trouve rien de plus absurde que de parler en mangeant. On devrait garder la bouche fermée, pour mâcher. C'est comme si l'on voulait jouer au tennis en lisant un livre : on ne ferait bien ni l'un ni l'autre. De plus, parler la bouche pleine, c'est faire admirer la panade qu'on a dans le bec. Répugnant. On postillonne dans l'assiette du voisin, qui postillonne dans la vôtre. Quelle hérésie ! Il faudrait manger chacun chez soi, en secret. Et si l'on tient à partager la même table, il faut établir des tours de parole. Celui qui parle se tient loin de l'assiette des autres ; on lui garde la sienne au chaud, en attendant qu'il ait fini ; puis un autre convive le remplace. Ce serait tellement plus propre, et plus logique ! »

Le Baron se tut, puis ajouta, péremptoire : « Si la nature avait voulu que nous parlions et mangions tout à la fois, elle nous aurait donné deux bouches. »

Sur quoi, il attaqua son steak.

Henri, majordome

Henri, le majordome, ressemblait à Nestor, le valet du capitaine Haddock : tête triste, crâne chauve, paupière tombante, air pincé. Il avait une voix douce, un ton toujours égal. On aurait voulu parfois le provoquer, le taquiner, pour qu'il desserre les dents, sorte de sa coquille, mais c'eût été peine perdue.

Je ne me sentis jamais à l'aise auprès de lui. Comment dire ? J'avais l'impression qu'il réprouvait l'amitié que me portait le Baron. Je n'étais pas assez chic ; me manquait, peut-être, une particule, et du sang bleu. À moins qu'il ne fût jaloux de moi, trouvant que je prenais trop de place chez les Handrax ? Allez savoir ce qui se passait, derrière ce grand front pâle !

Le Baron, de son côté, ne tarissait pas d'éloges au sujet d'Henri. C'était la cheville ouvrière du manoir, un serviteur loyal, dévoué corps et âme à la famille qu'il servait avec constance depuis trois décennies, et qu'il servirait jusqu'à sa mort. L'eussé-je dénigré, le Baron n'aurait rien voulu entendre ; il l'adorait et avait toute confiance en lui.

Il n'était pas dit pourtant qu'Henri n'avait pas ses petits secrets, inconnus de son maître. Je découvris en effet, tout à fait par hasard, qu'Henri menait une double vie. Visitant un salon du livre à C***, à plus de trois cents kilomètres d'Handrax, j'eus la surprise de tomber sur lui ; il était assis derrière une table chargée de volumes, bien habillé, avec un veston de velours et un foulard. On ne l'aurait pas reconnu. Il fut frappé de stupeur en me voyant, parut affolé, chercha autour de lui, comme pour trouver une issue, puis me regarda de nouveau et me sourit faiblement, très gêné.

Je m'approchai sans rien dire et pris un livre sur sa table, dont je lus quelques pages, tandis qu'il se tortillait sur sa chaise. Eh bien ! Croyez-moi ou pas : c'était un roman érotique, qui se déroulait sous la Révolution. Extrait : « La Comtesse de C*** releva sa jupe, et montra au jeune Jacobin sa motte noire. Le garçon n'en avait jamais vu ; il posa sa pique, s'agenouilla devant elle, et plongea dedans son visage. Elle rit, très fort, tout en pivotant son bassin pour lui donner meilleur accès à ses parties précieuses. Il la lécha longuement, tandis qu'elle se moquait gentiment de lui – la ci-devant n'avait pas mauvais goût, citoyen ! », etc.

Le livre s'intitulait *La Comtesse aux joies simples* ; la couverture était ornée d'une image explicite et de ce nom bien ronflant : Henry de Bellechasse. J'en fus amusé ; non pas à cause du ronflant, mais du *y* à Henry, touchante coquetterie.

J'achetai à Henri son roman, ainsi qu'un second intitulé *Le Visiteur du château*, dont le résumé sur la couverture m'intrigua : c'était l'histoire – érotique, toujours – d'un jeune homme qui se liait d'amitié avec un châtelain et qui, à force d'être fourré chez lui, finissait par lutiner sa femme, sa servante et ses filles.

J'avoue avoir eu comme un doute. Mais, l'ayant dévoré le soir même, soulagement : il n'y avait aucune allusion à moi. En outre, c'était très bien écrit.

Guillotines du Baron

À propos de Révolution, tiens. Pierre-Yves, le cadet de Coralie, était un bricoleur de génie. Il se passionnait depuis tout petit pour les mécanismes, les engrenages, les pivots, les rouages, ainsi que pour le travail du bois. Son père et lui s'amusaient à construire toutes sortes de modèles réduits, des palans, des dispositifs à ressorts, des pompes à eau, et surtout des guillotines. Ils en avaient construit des dizaines, « avec des matériaux simples et sains comme le bois, le métal, la ficelle ». Au début, ç'avait été un jeu d'imitation, une tentative de recréer en petit les guillotines les plus proches du modèle original, pour couper la tête de figurines en pâte à papier. Puis ils se mirent à inventer des complications. Par exemple, ils créèrent une guillotine-balancier : le condamné était debout, la tête dans un étau ; la lame, horizontale, était fixée sur un balancier lesté d'un poids qu'on tirait au moyen d'une corde jusqu'à un angle de 45° ; quand on lâchait la corde, le balancier décrivait un arc de cercle, décapitait le sujet avec un « tchac » sonore, puis remontait majestueusement de l'autre côté. « Avec un balancier assez lourd, précisait le Baron, c'est aussi efficace que le modèle habituel, et beaucoup plus impressionnant. Surtout, le spectacle dure plus longtemps, grâce aux allers et retours. On ne s'en lasse pas. »

Autre modèle, d'après une idée de Pierre-Yves : une guillotine classique, articulée à une batte de base-ball fixée sur pivot. La chute de la lame entraîne la rotation de la batte, qui frappe la tête coupée quand elle tombe et l'expédie au loin. « C'est difficile à régler, expliquait Pierre-Yves, car il faut une synchronisation parfaite de la lame et de la batte. Mais j'y travaille, et je compte pour bientôt sur un taux de percussion de 100 %[1]. »

---

1. Taux de percussion : nombre de fois, sur cent, où la batte frappe la tête.

Autres inventions, exposées sur une étagère dans l'espace réservé à Pierre-Yves au sein de l'atelier du Baron :

– Une guillotine pour couples.

– Une guillotine perpétuelle, alimentée par une chute d'eau. « Tant que l'eau coule, la lame chute et remonte, chute et remonte, tel le marteau de la forge à l'abbaye de Fontenay. Vous pouvez guillotiner des coupables jusqu'à la fin des temps sans avoir à remonter une fois la lame. Une clef permet de régler la durée du cycle, pour se donner le temps d'évacuer le cadavre. »

– Une guillotine à doigts : « En fait, une guillotine en modèle réduit ordinaire, où l'on a aiguisé la lame tout en la lestant suffisamment afin de lui donner la puissance nécessaire pour trancher un doigt. »

– Une guillotine-défi : le sujet a la tête dans l'étau, un chronomètre est enclenché ; il a trois minutes pour résoudre une énigme et taper sur un clavier la solution qui enrayera le mécanisme. « Je ne suis pas un monstre, sourit Pierre-Yves, les énigmes seront faciles. »

La fille du Baron

Un jour Corinne, la fille du Baron, fêta ses vingt ans. Je fus invité à l'anniversaire, et je m'avisai alors que cette jeune femme était belle. L'ayant connue quand elle avait seize ans, je ne l'avais jamais vraiment regardée ; je veux dire, jamais comme une femme. Dans mon esprit, elle avait seize ans. Or, je découvrais ce jour-là qu'elle avait grandi. Ce fut comme si je la rencontrais pour la première fois.

Et c'est ainsi que je tombai amoureux.

Coralie et Henri avaient décoré le jardin de guirlandes et de nœuds en tissu, accrochés aux branches des arbres. Corinne resplendissait. Elle était si saine, si fraîche ! Elle bougeait souplement, ondulant son joli corps harmonieux. Oui, vraiment, ce fut une révélation.

Elle avait invité ses amis, ses parents les leurs, un juge, un généalogiste à la retraite, un tailleur de pierre, etc. Il eût été convenable de discuter avec eux, mais j'avais la tête ailleurs : je n'avais d'yeux que pour la vedette du jour.

Il y eut des jeux : quilles, badminton, croquet, cache-cache. Le Baron joua, évidemment ; je restai au bord du terrain, sirotant un verre.

La Baronne, je crois, s'aperçut que je regardais sa fille.

Avait-elle déjà compris ?

Je rentrai chez moi dans un état second, assailli par des sentiments contradictoires : troublé mais ravi, euphorique et inquiet. C'était, tout de même, la fille du Baron ; avais-je le droit ? Ne le trahissais-je pas ? J'étais plus vieux qu'elle, je n'étais pas riche, il m'en voudrait ; bref, être amoureux d'elle n'était pas une bonne idée, et ne pouvait déboucher sur rien.

Mais comment lutter contre ?

Ce déchirement dura des semaines. J'augmentai la fréquence de mes visites au manoir, dans l'espoir de voir Corinne ; puis je les diminuai, de peur que le Baron ne découvre la vérité. Il me reprocha gentiment de le délaisser. J'invoquai du travail au musée (excuse très idiote), la fatigue, etc. Il me taquina : n'avais-je pas plutôt une bonne amie qui me dévorait mon temps ? Horriblement gêné, je me récriai si fort que c'était presque un aveu.

Les fois où j'osai apparaître au château, je me débrouillai pour voir Corinne en tête-à-tête quelques instants et lui faire la cour. Ce fut long et laborieux, car je ne suis pas doué. Je ne raconterai pas comment je m'y suis pris, ni comment elle m'a cédé ; Corinne, pudique, me l'interdirait. Et puis, ce livre sur son père ne doit pas se transformer en un livre sur elle, ou sur nous. Toujours est-il que nous devînmes amants. Je lui proposai de nous marier, elle accepta. Je lui offris un bijou, pour sceller notre amour ; tout cela dans le dos de ses parents.

Nous fîmes semblant de rien, continuâmes de nous voussoyer devant eux ; ce jeu lui plaisait. À moi non, car je le trouvais dangereux. Nous pouvions être découverts à tout moment. Arthur, son frère, était déjà dans la confidence. Heureusement, occupé à ses propres amours, il ne s'intéressait pas aux nôtres ; mais il pouvait nous trahir, par étourderie. D'un côté, Corinne glissait sans cesse des allusions devant ses parents, de l'autre, Arthur savait tout, sans compter la Baronne qui avait certainement des soupçons : la situation, de mon point de vue, devenait intenable.

Corinne demanda que je l'emmène en voyage ; elle voulait visiter Amsterdam. D'accord, mais que dirions-nous à ses parents ?

« La vérité », murmura-t-elle.

Le voyage était prévu deux mois plus tard. L'heure était venue de prendre mon courage à deux mains et de tout dire au Baron.

Suite

– Je suis heureux, dit le Baron, que vous m'accompagniez de nouveau en promenade. Cela faisait bien longtemps que nous n'avions pas marché ensemble. Mais vous êtes bien silencieux. Avez-vous perdu votre souffle ?

– Non, répondis-je. En fait, j'ai quelque chose à vous dire.

– Oh ! Un lièvre !

Il partit à la poursuite de l'animal, comme s'il avait la moindre chance de l'attraper. Je m'élançai derrière lui, hors d'haleine, et ne le retrouvai que sept ou huit cents mètres plus loin. Il m'attendait, assis sous un chêne.

– Vous vouliez me parler, dit-il quand j'arrivai.

– Oui.

Nous étions en pleine forêt, à plus d'une heure de marche du manoir, dans un coin à champignons où il venait souvent, l'automne.

– Voilà, dis-je d'une voix blanche. C'est au sujet de votre fille.

– Ne soyez pas inquiet pour Agathe, coupa-t-il.

Agathe, onze ans, était entrée précocement dans une crise d'adolescence très violente. Elle développait une personnalité provocatrice et encombrante, que sa mère tolérait mal, mais que le Baron approuvait en secret, croyant y voir l'héritage de son propre tempérament.

– Je ne parle pas d'Agathe, corrigeai-je.

– Je sais, va.

Je le dévisageai. Avait-il compris ? En même temps, il aurait fallu être aveugle pour n'avoir rien vu.

Je murmurai :

– Vous savez tout.

Il sourit.

– Je crois, mais je vais avoir besoin de vous l'entendre dire.

Il était en fait aussi fébrile que moi. De le voir moins assuré qu'à l'accoutumée me donna du ressort.

Je lâchai donc, d'une traite, que Corinne et moi nous nous aimions, que nous voulions nous marier, et je lui demandai pardon d'avoir noué cette intrigue en secret.

Quelques secondes s'écoulèrent, qui me parurent interminables.

Enfin, il sourit, et laissa couler une larme. Ce grand et gros homme invincible, altier, impérial, était en réalité un sentimental ! Il voulut parler, sa voix se brisa ; il ravala ses mots, puis lança : « Viens là, fils. »

Nous nous étreignîmes. Cela dura cinq secondes, puis sa pudeur naturelle le rappela à l'ordre. Il fit mine d'avoir aperçu un autre lièvre, bondit et s'enfuit. Je le perdis de vue ; il me fallut retrouver mon chemin jusqu'à Handrax.

Je n'osai retourner au manoir ce jour-là.

J'y montai le lendemain, pour voir Corinne. Elle m'embrassa tendrement, puis me conduisit à sa mère, à qui le Baron avait tout dit. Elle me félicita ; elle faisait des efforts pour rester froide, mais elle était heureuse.

– Vous restez dîner, j'espère ?

– Certainement.

– Il y aura du lièvre.

Je n'ai jamais su si ce lièvre était celui que prétendait avoir vu le Baron ou s'il l'avait acheté après coup pour justifier sa fuite.

Insomnies du Baron

Le Baron n'avait peur de rien, sauf des nuits blanches. L'insomnie l'épouvantait. Il dormait pourtant très peu d'habitude, mais justement : ses insomnies l'angoissaient d'autant plus qu'elles le privaient d'un sommeil déjà rare. Il m'en parlait parfois, quelques jours plus tard (jamais le lendemain, car quand il n'avait pas dormi, ou mal, il ne pouvait avoir aucune activité, se croyant ralenti, bon à rien, condamné à traîner lamentablement jusqu'au soir). Avec des accents pathétiques et bouleversés, il évoquait sa détresse, son désarroi d'avoir dû tourner dans son lit et s'énerver. À l'entendre, c'était la pire chose qui pouvait lui arriver. Il était incapable de nuances. « L'insomnie, disait-il, c'est la vie éveillée qui vous harcèle. Nous ne pouvons pas faire autrement, la journée, que d'avoir affaire à elle, de nous la coltiner ; mais nous bénéficions le soir venu d'un droit de retrait : le sommeil. En nous endormant, nous quittons momentanément la vie, nous nous éloignons d'elle pour quelques heures. Elle ne peut alors plus rien contre nous ; nous sommes déchargés des soucis qu'elle nous cause, des angoisses, des gênes, de toutes les nécessités qui la rendent fatigante, lassante, douloureuse. Quel répit ! Bien sûr, nous savons qu'il faudra revivre le lendemain ; mais il y aura, le soir, une nouvelle pause, un nouvel entracte. Cette alternance rend les choses supportables. Sans le sommeil, nous deviendrions fous ; je ne parle pas des conséquences physiques de la privation, mais de psychologie pure. Eh bien ! L'insomnie, c'est le bouleversement de cet équilibre ; la rupture de la trêve ; l'invasion de la vie dans la zone où elle n'a pas droit de cité. Notre existence terrestre est une lutte quotidienne entre le sommeil et la vie. L'insomnie, c'est une bataille remportée par la vie. Résultat, quand je ne dors pas, je ne pense qu'à une chose : me tuer. »

Cette vulnérabilité du Baron à l'insomnie contrastait avec l'indifférence qu'affichait la Baronne, insomniaque depuis toujours, et qui ne s'en portait pas mal.

– Ne peut-elle pas vous réconforter, quand vous ne dormez pas ? lui demandai-je.

– Non, répondit-il. L'insomnie est un combat contre soi. Il faut le mener seul.

Son visage, comme il prononçait ces mots, était tendu à craquer, ses yeux, vides, son teint, pâle, comme s'il venait de voir un fantôme.

Le jour M

– Savez-vous, me demanda le Baron, ce qu'il s'est passé le 23 mars 1928 ?

– Non.

Il n'enchaîna pas.

– Eh bien ?

– Eh bien, répéta-t-il (en singeant, consciemment ou non, mon intonation), figurez-vous qu'*il n'y a pas eu* de 23 mars 1928.

– Pardon ?

– Vous allez encore me prendre pour un toqué si je vous explique.

– Mais non.

(Précaution oratoire inutile, qui tenait du rituel entre nous, vu l'extravagance de ce qu'il me racontait d'habitude.)

– Bon. Comme vous savez, je suis féru d'histoire. Vieux journaux, vieux papiers. J'aime les photographies d'époque, les gravures, les documents.

Je collectionne, je fais des fiches, je classe. Je passe ma vie dans le passé. Or, brassant ces matériaux que j'ai accumulés durant ma vie d'historien du dimanche, je me suis aperçu récemment que jamais, je dis bien *jamais*, je n'ai possédé de document daté du 23 mars 1928, ni qui fasse allusion à cette journée. Par exemple, j'ai quantité de journaux du jeudi 22, et du samedi 24. Ceux du 23 mars 1927, ou du 23 mars 1929. Mais pas ceux du vendredi 23 mars 1928.

Ne comprenant pas où il voulait en venir, je ne répondis rien.

– Je n'ai jamais trouvé personne qui soit né ou mort ce jour-là, reprit-il. Au cimetière de notre village, cette date n'est inscrite sur aucune tombe. C'est un petit cimetière, me direz-vous, il n'est pas représentatif. Mais j'en ai visité d'autres, l'œil en alerte. Sans résultat.

Il soupira.

– On n'évoque le 23 mars 1928 dans aucun livre. Il n'y en a aucune trace, nulle part. Comme si ce jour n'avait pas existé.

Le Baron baissa d'un ton, comme pour m'initier à un complot.

– Au début, je n'y ai pas prêté attention. Puis j'y ai réfléchi, et la question est devenue obsédante : et s'il n'y avait bel et bien *jamais* eu de 23 mars 1928 ? Et si la roue du temps avait hoqueté, glissant de vingt-quatre heures, passant du 22 au 24 sans que personne s'en aperçoive ?

Le Baron avait l'air véritablement inquiet, comme s'il s'agissait là d'un secret d'une importance majeure, qui pouvait ravager la face du monde ou révéler un pan inconnu de la réalité.

Je haussai les épaules.

– Que vous n'ayez jamais eu entre les mains la preuve de ce jour ne signifie pas qu'il n'a pas existé, ni qu'il n'y a pas de preuves.

– Oooooh, lança-t-il, j'aimerais vous suivre, mon ami, j'aimerais. Au début, je pensais comme vous. Je me disais : « Sois raisonnable, Archie, tout ceci n'est qu'une coïncidence. » Je suis allé à la bibliothèque de Moulins, pour vérifier. J'ai épluché leurs collections de journaux.

– Et ?

– Ils n'ont pas ceux du 23 mars 1928.

– Sérieusement ?

J'étais intrigué, à présent.

– Je vous jure qu'il n'y a à la bibliothèque de Moulins aucun journal du jour M. C'est ainsi que je l'appelle, jour M : le jour manquant.

– Quelqu'un aura voulu vous jouer un tour, en cachant les exemplaires.

– Impossible. Je n'ai parlé du jour M à personne.

Un temps.

– Mais alors ? demandai-je.

Le Baron me considéra gravement, l'air de dire : refuserez-vous longtemps d'admettre l'évidence ?

J'ai repensé plusieurs fois à cette histoire, tenté d'aller vérifier. J'ai toujours refréné mon envie, car je soupçonne le Baron d'avoir voulu me faire tourner en bourrique, et je ne veux surtout pas lui donner le plaisir d'avoir réussi. Je n'entreprendrai donc aucune démarche au sujet du 23 mars 1928 ; j'attends simplement qu'une contre-preuve vienne d'elle-même – un journal daté du jour M, ou un avis de décès, ou n'importe quoi.

À l'heure où j'écris ces lignes, j'attends toujours. Il suffirait de quelques minutes pour trancher, je sais, mais j'ai ma fierté, et c'est non.

Le Baron à Paris

Mon ouvrage sur Mouquin était terminé ; il parut chez un éditeur d'art à Paris. J'en étais très fier, ne serait-ce que parce que c'était la première fois que je « fabriquais » quelque chose, mes copies de peintures mises à part. Tout homme devrait avoir droit au plaisir d'un tel accomplissement.

Je ne dirais pas que mon livre eut du succès, mais il suscita l'intérêt des amateurs d'art et fit connaître Mouquin, au point qu'un petit musée privé me proposa de monter une exposition avec des tableaux prêtés par le musée d'Handrax et par des collectionneurs – un collectionneur, en fait : le Baron. Ce dernier était tout à fait enthousiaste à l'idée de faire voyager ses tableaux jusqu'à Paris, d'autant que tout était pris en charge par le musée. Il tint tout de même – c'était légitime – à visiter les lieux de l'exposition, et à rencontrer le directeur. Ils se plurent beaucoup – même genre d'humour –, et tout se passa à merveille.

Je voulus l'inviter à dîner en sortant du musée, mais le Baron préféra reprendre le train tout de suite. Grand sédentaire devant l'éternel, il n'aimait guère s'absenter de chez lui. Surtout, il supportait mal les grandes villes. « La ville n'est pas un milieu pour moi. J'y suis comme une fleur privée d'eau, qui fane. » Ce n'était pas une façon de parler : il m'apparut, au fil de la journée, qu'il vieillissait. Très frais le matin, il se voûta sensiblement au fil des heures ; vers midi, des rides lui étaient apparues au front, aux joues, son teint avait jauni, ses cheveux, grisonné un peu.

– Ne vous en faites pas, me dit-il après que je me fus inquiété. C'est la ville. Demain, après une nuit chez moi, à la campagne, tout sera rentré dans l'ordre.

Je lui téléphonai le lendemain à la première heure ; de fait, rien qu'à sa voix, je compris qu'il allait mieux. Quand même, il m'apprit qu'il avait perdu cinq cents grammes.

– Comment ça ?

– La ville non seulement me vieillit, mais elle me grignote. Heureusement, j'ai de la marge. Mais il suffirait que je passe un mois à Paris pour disparaître tout à fait, comme peau de chagrin.

Soupir.

– Si un jour je vous annonce que je m'installe à Paris, retenez-moi : ce serait un suicide.

Sartre

Le Baron me téléphona, surexcité, pour m'annoncer qu'il avait trouvé un Sartre. Il voulait dire un sosie, pour sa collection et ses fameux dîners de têtes. Ce sosie était tellement extraordinaire, assura-t-il, qu'il me fallait le rencontrer sur-le-champ.

– Cela ne peut-il pas attendre ?

– Non. En cet instant précis, il est aussi Sartre qu'on peut l'être. Si ça se trouve, d'ici quelques minutes, il aura perdu en sartrité. Il faut le voir *maintenant.*

J'acceptai, doutant cependant qu'un sosie puisse perdre sa ressemblance.

Une note, ici, pour souligner que le Baron avait lu tout Jean-Paul Sartre, et qu'il le détestait au plus haut point. C'était même chez lui une obsession – une de plus. Ne l'ayant lu quant à moi que de loin, je ne pouvais débattre avec lui sur ce sujet ni défendre le philosophe contre les attaques du Baron. (De même qu'il disait : « Très allemand », il lançait souvent : « Très Sartre. » Cela voulait tout dire, et c'était péjoratif.)

Je les retrouvai quelques minutes plus tard au café – le Baron et son Sartre.

Je dois dire que je fus soufflé. La ressemblance était spectaculaire ; on aurait dit le vrai Sartre à la soixantaine. Il était avachi sur la banquette et maugréait en agitant les bras.

Le Baron nous présenta. Bernard, Roger. Roger, Bernard. (Il ne donna pas nos noms de famille.) Je commandai un verre de pouilly, puis je les écoutai. Roger n'avait pas la voix éraillée du vrai philosophe, telle que je la connaissais grâce aux enregistrements ; mais il parlait un peu comme lui, abondamment et avec assurance, au point que le Baron lui-même n'arrivait pas à en placer une.

Il m'apparut très vite que ce Roger était un esprit brouillon, fumeux et content de lui ; ce fut un soulagement quand, au bout de deux heures, il fut contraint de partir.

Une fois qu'il eut disparu, le Baron déclara qu'il avait passé un moment merveilleux.

– Mais c'était un imbécile ! protestai-je.

– Justement !

Le Baron me convia plusieurs fois à dîner en compagnie de Roger, mais je déclinai. Il le revit régulièrement en tête-à-tête, puis il me racontait tout, avec des imitations.

Je dus le supplier de ne plus me parler de Roger Sartre.

– Vous préférez que je vous parle de Jean-Paul ?

– Je gagne à peine au change, mais oui.

Prostituées du Baron

Titre trompeur : il ne sera pas question ici de la vie privée du Baron. J'ignore s'il fréquentait des filles ; il ne m'en a jamais rien laissé entendre. On pourrait penser qu'avec deux femmes sous son toit il n'en avait pas besoin, mais il est vrai aussi que c'était un homme énergique, aux besoins importants. Peu importe. Ce qui est sûr, en revanche, c'est que la prostitution comme sujet historique et littéraire le passionnait, et qu'il possédait dans ses collections des pièces intéressantes. Il avait entrepris d'écrire un livre sur des prostituées remarquables, qu'elles soient imaginaires (Boule de Suif) ou authentiques (la Goulue). Il me donna à lire, un jour, le chapitre qu'il avait rédigé sur une demoiselle Vivin, prostituée à N***, dans les années 1950. Très appréciée par ses concitoyens, Mlle Vivin était une figure locale, parfaitement intégrée à la vie du village. Quelques grenouilles de bénitier faisaient bien mine de ne pas vouloir lui parler, mais personne ne la critiquait publiquement, tant sa réputation était bonne, si bien qu'on la pria un jour de prendre la tête d'une liste pour les élections municipales. Elle devint mairesse et abandonna son métier pour sa ville, au grand dam des habitués qui, s'ils avaient su, n'auraient pas voté pour elle.

Ils le disaient en riant, mais ils n'étaient pas loin de le penser. Aussi, à l'approche des élections suivantes, les messieurs du village s'inquiétèrent : allait-elle candidater de nouveau ? C'était une excellente mairesse, mais une très bonne fille aussi. Alors ?

À l'initiative du cafetier, ils organisèrent un référendum pour ou contre un second mandat. Une majorité des votants se prononça contre. Ils l'aimaient comme mairesse, mais mieux encore comme putain. Informée du résultat, elle renonça donc à se présenter à nouveau, et reprit sa profession qu'elle continua d'exercer jusqu'à sa retraite.

Elle coula une vieillesse paisible, aimée de tous, et mourut à quatre-vingts ans passés. L'année suivante, le conseil municipal donna son nom à une rue, pour honorer l'ancienne mairesse.

Et pas n'importe quelle rue, précisait le Baron en conclusion du chapitre : celle qu'elle avait arpentée, tout au long de sa carrière.

Plaques de rue

À propos, tiens. Le Baron et moi étions au grenier du château – je ne me souviens plus de ce que nous y cherchions – quand je vis une plaque de rue bleu foncé : « Rue Dhandrax ».

– Vous avez une rue à votre nom ? demandai-je.

– Ce n'est pas mon nom. Il manque l'apostrophe.

– Ah oui.

– C'est un ami, le colonel Block, qui me l'a offerte.

– D'où sort-elle ?

– Aucune idée. Il l'a trouvée dans une brocante. Le brocanteur n'a rien pu lui apprendre.

– Dommage.

– Vous vous doutez bien que j'ai cherché à localiser cette rue Dhandrax, continua le Baron, mais je n'y suis pas parvenu. Il y a un port d'Andrax, à Majorque, mais ça n'a rien à voir.

– Et si c'était une blague ? Je veux dire, une fausse plaque ?

– Block n'est pas un comique. Du reste, il s'est défendu de tout canular.

Il fronça les sourcils.

– Si ça se trouve, c'est une rue imaginaire, créée pour un décor de film. Je serais le premier homme à avoir donné son nom à une rue de fiction. Cela me va.

Au cours de ses recherches, le Baron était tombé sur d'autres plaques, qu'il avait notées pour en tirer un livre, jamais écrit finalement – l'un de ses nombreux projets tombés à l'eau.

– Il paraît qu'il y a, en Pologne, une ville dont les rues portent deux noms : l'un le jour, l'autre la nuit. La municipalité voulait rendre hommage à de nombreuses personnalités, mais il n'y avait pas assez de rues. Alors, ils ont donné deux noms à chacune. Un agent faisait la tournée à la nuit tombante, pour remplacer la plaque du jour par celle de la nuit.

– Cela devait compliquer la vie des habitants.

– Pourquoi ?

– Eh bien, il est onze heures du soir. Vous dites à quelqu'un : rejoignez-moi demain à midi, rue Machin.

Problème : il n'y a pas de rue Machin à midi. À cette heure-là, elle s'appelle Truc.

– J'imagine qu'il y a un tableau de correspondances, objecta le Baron.

(Visiblement, cette bizarrerie lui plaisait, il la trouvait pleine de charme ; il n'était pas content que je la critique[1].)

– Tenez, dit-il, autre chose : ça se passe en Hollande, dans un village de Frise. Toutes les rues portent des noms de personnages haïssables : délinquants, escrocs, nazis, etc. Donner le nom de quelqu'un à une rue équivaut chez eux à une sorte de blâme, une marque d'infamie.

Le Baron sourit.

– C'est logique, en fait. Donnez à une rue le nom d'un criminel, vous éternisez son déshonneur. Tous les jours, voyant la plaque, les gens se souviennent que c'était un sale type.

Il prit un dossier dans un tiroir, où il conservait ses notes sur le sujet.

– Dans une ville espagnole, il y a une rue Adolf Hitler.

Il brandit une photo, comme preuve.

– Rien à voir avec le vrai : c'était un homonyme du XVIIIe siècle.

---

1. Je suis tombé depuis sur cette phrase de Max Jacob : « Quel étonnant conseil municipal peut donner des noms pareils à des rues la nuit ? » J'ignore ce qu'elle signifiait pour Jacob, mais je soupçonne le Baron de l'avoir lue, et d'avoir inventé son histoire ensuite.

– C'est quand même embarrassant, dis-je.

– Un peu, oui. Mais les habitants ne voient pas le problème, *puisque ce n'est pas le même.*

Le Baron haussa les épaules, puis tourna une page.

– J'ai aussi des histoires sur les plaques commémoratives. Par exemple, il existe en Hongrie une ville où les façades des maisons sont toutes couvertes de plaques : ici a vécu un tel, ici a séjourné je ne sais qui, etc. Les personnes en question sont de parfaits anonymes. Ils sont juste passés par là. Étonnant, non ?

– Pourquoi pas ? Les grands personnages ne sont pas les seuls à mériter une plaque. Les petits ont vécu là, eux aussi. Le fait que M. X ou Mme Y ait habité une maison doit, je crois, être consigné pour la postérité et communiqué aux habitants qui leur succèdent.

– C'est juste, approuva le Baron. D'ailleurs, je ferai faire demain une plaque à votre nom, pour le mur de votre immeuble.

Il referma son dossier.

– J'ai rêvé, une fois, que j'habitais près d'un immeuble couvert de plaques commémoratives. Étaient nés là un compositeur célèbre, deux écrivains, un ministre, trois savants, un explorateur. Du coup, les habitants s'étaient persuadés que cet immeuble était doté du pouvoir magique de favoriser les carrières. Tout le monde voulait y habiter. Le prix des appartements y flambait ; c'était la résidence la plus chère de la ville. Chaque fois qu'un enfant y naissait on s'imaginait qu'il inventerait un vaccin, ou qu'il composerait une symphonie. Les gosses avaient une pression terrible, certains sont devenus fous.

Un commentaire du Baron

Pendant les promenades, nous commentions les nouvelles – les prochaines élections, le prix du beurre, les menaces de guerre ou la chute de Rome aussi bien, car l'actualité, disait le Baron, c'est ce qui m'intéresse, qu'importe l'époque.

Une fois, je lui parlai d'un article de journal que j'avais lu : un entrepreneur américain faisait fortune en offrant un service tout nouveau et très excitant. Il s'agissait pour ses clients de saccager le contenu d'une pièce mise à disposition spécialement pour cet usage – d'où son nom, la « chambre à tout casser ». On payait pour dix ou vingt minutes de défoulement, puis on prenait possession des lieux. On avait le droit de tout démolir, comme un vandale. À la fin de la séance, signalée par le son d'une cloche, un robuste vigile entrait et vous invitait à partir. Des employés réparaient ensuite les dégâts, remplaçaient les bibelots brisés et remettaient tout en état pour le client suivant.

– C'est moins nouveau qu'il n'y paraît, dit le Baron.

– Ah oui ?

– Qu'est-ce que la Terre, sinon une chambre à tout casser géante ?

Nous disputâmes du point de savoir si les bonnes idées venaient mieux en rêve ou en marchant, et si par conséquent le secret d'un homme créatif était de dormir beaucoup ou de se promener souvent. Ce débat ne fut pas tranché ; je votais pour le rêve, le Baron pour la marche, et ni lui ni moi ne voulûmes céder[1].

Un jour, cependant, il dit avoir trouvé finalement mieux que la marche : le coiffeur. « J'ai la chance d'avoir un coiffeur silencieux. M. Jean. Il ne dit jamais rien ; par conséquent, assis dans mon fauteuil, je n'ai rien d'autre à faire que penser. Or, je ne sais pas si c'est parce qu'il me tripote le crâne en même temps, mais chez lui je pense très bien, et très rapidement ; j'ai plus d'idées dans son salon que nulle part ailleurs. Donc, nouveau credo – mais qui continue de m'opposer à vous : ce n'est pas en rêve que viennent les bonnes idées, mais chez le coiffeur. »

1. Kant, nous apprend Quincey, était dans mon camp. Il désapprouvait qu'on réfléchît tout en marchant (ou en allant à cheval), car « la double activité de la réflexion et du mouvement physique exercée simultanément risquait, selon ses conceptions, de faire peser un poids trop lourd sur l'estomac ».

– J'aurais aimé écrire des guides, disait le Baron.

– Des guides de quoi ?

– Peu importe. Des guides gastronomiques. Seulement, les miens eussent été spéciaux.

(Le contraire m'eût étonné.)

– Par exemple, au lieu d'étoiler les restaurants suivant la qualité des mets, j'attribuerais des étoiles pour l'hygiène.

– De propre à sale ?

– De sale à très sale. Une étoile : cuisines mal tenues. Deux : intoxication alimentaire possible. Trois : salmonelles et listeria, nausées, diarrhée.

– C'est une idée, dis-je, dégoûté.

– Et puis, continua-t-il, je ferais un guide étoilé des bistrots.

– Suivant quel critère : l'ambiance, l'originalité des cocktails ?

– Les ragots. Il y a des bistrots où l'on n'apprend rien, d'autres où les rumeurs volent. C'est important, l'information, quand on va boire un verre. Donc, d'une à trois étoiles, pour récompenser le commérage.

Il évoqua d'autres idées :

– Un guide géographique des tueries : Lépanges-sur-Vologne, Montigny-lès-Metz, Chevaline, Bruay-en-Artois, Le Grand-Bornand, Gambais (maison de Landru), etc.

– Un guide des lieux littéraires, recensant tous les décors de romans. Donzy, dans la Nièvre, décor d'*Un*

Coco de génie de Louis Dumur. Paray-le-Monial, en Saône-et-Loire, où se déroulent les *Vacances d'un jeune homme sage* et le *Divertissement provincial* d'Henri de Régnier, etc. Ces lieux seraient classés par département, puis par ordre alphabétique. On pourrait ainsi organiser des voyages littéraires à travers la France : chaque soir, à l'hôtel, on lirait un roman dont l'intrigue a lieu sur place.

– Un guide des violons d'Ingres, listant des livres écrits par des musiciens et des peintres, des tableaux peints par des écrivains et des musiciens, et des musiques composées par des littérateurs et des peintres.

Marchandages du Baron

Le Baron, pour ses nombreuses collections, courait les brocantes, les ventes aux enchères, les vide-greniers ; il m'emmenait volontiers avec lui. Il revenait souvent bredouille, mais peu importait ; une pépite découverte de temps en temps rachetait à ses yeux cent et mille enquêtes infructueuses.

L'accompagner demandait une bonne condition physique, car les journées étaient longues et le rythme, intense. Dans une brocante, il courait d'un exposant à l'autre, examinait tout, soulevait les draps, vidait les cartons, des heures durant, indifférent à la pluie, au froid, à la chaleur. Enfin, il offrait toujours le déjeuner, cela compensait ; et puis, être à ses côtés me donnait l'occasion de le voir marchander, un véritable spectacle. Je n'ai jamais été capable de marchander, aussi n'ai-je pas de leçon à donner ; mais il était pire que moi, à un point tel que c'en devenait drôle. Les vendeurs, dès qu'il ouvrait la bouche, devinaient que c'était un gogo qu'ils pouvaient manipuler à leur guise, et ils ne s'en privaient pas. Il avait beau réclamer des ristournes de plus en plus minuscules, ils ne lui cédaient jamais, sachant qu'il conclurait l'affaire de toute façon. C'était tordant.

Une fois, je ne sais pas comment il avait fait son coup, mais je l'ai même vu emporter l'objet pour *plus cher* que le prix d'origine. Il a payé et s'en est allé noblement, son paquet sous le bras, avec une sorte de dignité majestueuse, et le sentiment apparent d'avoir fait ce qui convenait.

Lettre du Baron au directeur d'une gare

Monsieur,

Qu'il n'y ait dans votre gare aucune place pour s'asseoir, je l'accepte. Qu'il y fasse épouvantablement froid en hiver, j'y survis. Que vos machines à billets soient toujours en panne et qu'il n'y ait jamais personne au guichet, je m'en accommode. Que le tableau des trains soit rendu invisible par les gigantesques panneaux publicitaires que vous avez pris l'habitude d'accrocher au plafond, je m'y résigne. Mais qu'il y ait de la musique dans les toilettes, voilà un traitement qui tient littéralement du sadisme et que l'usager que je suis ne supporte plus.

(Veuillez croire, Monsieur le directeur, etc.)

La mort d'Henri

Henri, le majordome-écrivain, connut une période de grande fatigue. Il avait soixante ans. Le Baron le pria de s'accorder des congés ; il refusa. Las ! Dès le lendemain, épuisé, il dut garder le lit. Le docteur Moreau, médecin à Handrax, lui fit passer des examens à Moulins. Au bout d'une semaine, les résultats tombèrent : cancer.

Les Handrax furent bouleversés, ainsi que Coralie, sa cousine. Henri, lui, prit la chose avec une sorte de calme troublant, proche du détachement. Il digéra la nouvelle, et adopta une disposition d'esprit sereine et résignée, à la façon d'un sage antique. On ne le vit jamais pleurer, se plaindre, ou même soupirer. Il paraissait presque plus gai que d'habitude, détendu, lui que j'avais connu sévère, hautain, snob et coincé.

Ce flegme était d'autant plus impressionnant qu'Henri souffrait beaucoup, sans rien en montrer – une grimace, parfois, seulement.

La Baronne prit en charge les enfants de Coralie, afin que celle-ci pût demeurer au chevet de son cousin ; arrangement bizarre, vu de l'extérieur, mais qui n'étonnait plus quand on connaissait l'histoire.

L'état d'Henri s'aggrava. Bientôt, le Dr Moreau demanda son hospitalisation. Mais Henri fit valoir qu'il préférait pousser son dernier soupir au château où il avait servi si longtemps et qui était sa maison. Le Baron, ému aux larmes, fit aménager une chambre médicalisée et embaucha une infirmière. La Baronne et lui s'occupaient beaucoup de leur majordome ; devenus les serviteurs de leur serviteur, ils veillaient à son confort, lui faisaient la lecture, lui tenaient la main. Henri, dans ses moments de lucidité, goûtait beaucoup ce renversement des rôles. Il en abusait un peu, car il voyait que cela faisait plaisir à ses maîtres ; il réclamait des verres d'eau sucrée, un oreiller plus moelleux, qu'on lui lût le journal ; ils se précipitaient pour le satisfaire.

Les enfants participaient à ces soins, ceux de Coralie comme ceux d'Hortense. Arthur, pour l'occasion, rentra de Paris. La plus touchée était la petite Agathe ; elle passait des heures auprès d'Henri, lui parlant d'une voix douce, inlassablement. Sa mère, entrant dans la chambre, lui faisait observer qu'Henri était endormi. Elle répondait : « Maman, il ne dort pas. Il m'écoute. » Henri rouvrait alors les yeux : « C'est vrai, Madame. »

Les derniers jours d'Henri furent pénibles. La peau de son visage devint jaune et cireuse. Il ne s'alimentait plus ; ne s'exprimait plus que par des râles. Le docteur pria les Handrax de le laisser en paix ; ils eurent le droit de pénétrer une dernière fois dans sa chambre pour lui dire adieu, sachant qu'il n'entendrait ni ne comprendrait rien. Toute la famille défila à son chevet ; j'accompagnai Corinne, en tenant sa main. Amaigri, momifié, il avait perdu presque tous ses cheveux. Corinne lui caressa le front. Quant à moi, je songeai que nous ne nous étions pas beaucoup aimés, mais que j'étais heureux d'avoir honoré ma promesse implicite : conserver le secret sur ses activités d'écrivain.

Il mourut le lendemain, au petit matin.

Coralie vint nous l'annoncer au salon. La Baronne, bouleversée, se retira aussitôt dans sa chambre, pour prier. Le Baron, le visage fermé, se leva de son fauteuil et nous regarda ; je crois qu'il voulait dire quelque chose, mais aucun son ne sortit de sa bouche. Il baissa la tête, quitta la pièce et monta lentement les escaliers, pour rejoindre la Baronne.

Je ne l'avais jamais vu ni ne le reverrais jamais si proche de pleurer.

Farce d'Arthur

Un peu d'humour, ici, pour détendre l'atmosphère. J'eus l'occasion durant ces quelques jours de parler avec Arthur. Il avait, à dix-huit ans, des allures d'étudiant modèle ; excellent élève, studieux, rigoureux, discipliné, il caracolait en tête de classe dans son école militaire, excellant spécialement dans les mathématiques et les sciences. Mais, n'étant pas le fils du Baron pour rien, il adorait aussi les farces, les canulars et les coups montés. Ainsi avait-il concocté, avec un condisciple de son école, la blague étonnante que voici. Les deux compères repéraient des maisons en construction au gré de leurs promenades en Île-de-France. Sitôt qu'elles étaient achevées, ils écrivaient au propriétaire une lettre anonyme indiquant qu'un bienfaiteur y avait caché, à dessein, un trésor. Simplement, la lettre ne précisait pas où : était-ce à la cave, dans la charpente, les murs, au jardin ? Mystère.

La plupart des destinataires, naturellement, jetaient la lettre et n'y pensaient plus ; mais on serait étonné de voir la proportion d'entre eux qu'elle troublait, et qui entreprenaient des fouilles. Là commençait la phase véritablement comique : leur maison toute neuve, tout juste sortie de terre, ils se mettaient à la sonder, à la démonter, pratiquant des ouvertures dans les murs, descellant les carreaux, soulevant les lattes des parquets ; et, comme ils ne trouvaient rien, ils cherchaient de plus belle.

« Ce serait encore plus drôle, concluait Arthur, de tenter le coup avec une résidence tout juste livrée, en écrivant à tous les copropriétaires : ceux qui y croiraient voudraient tout démonter, ils entreraient en conflit avec ceux qui n'y croiraient pas, on rirait bien. »

C'était il y a longtemps, il faudra que je lui demande s'il a eu l'occasion de le faire.

« J'ai rêvé, me dit le Baron, que je recevais par la poste une grosse enveloppe contenant un mémoire dactylographié : *Les Énigmes criminelles résolues.* Ce mémoire évoquait une série d'affaires criminelles non classées qui avaient défrayé la chronique en leur temps, avec la solution de l'énigme, étayée par des preuves irréfutables. Je n'en croyais pas mes yeux : tous les crimes sans auteur, toutes les disparitions mystérieuses qui avaient passionné l'opinion depuis un demi-siècle étaient expliqués, en toute simplicité, avec des photos, des documents et des pièces à conviction. Ce mémoire valait de l'or. Qui en était l'auteur, d'où tenait-il ses informations, je n'en savais rien ; mais j'aurais pu, en publiant ces révélations, faire sensation, et gagner des fortunes. » Le Baron soupira. « J'ai refait ce rêve plusieurs fois, et je m'en souviens assez bien. Je me rappelle les affaires résolues dans le mémoire, et je me vois en train de découvrir le nom des coupables. Hélas, au réveil, j'oublie à chaque fois. »

*

« J'ai rêvé d'un type doté d'un pouvoir magique : il peut détecter un criminel, à vue d'œil. Il ne trouve pas l'assassin à distance mais si vous lui présentez les suspects et qu'il figure parmi eux, il est capable de l'identifier. "C'est écrit sur sa figure", soutient-il, sans pouvoir s'expliquer. Ce pouvoir extraordinaire est évidemment utile à la police. Quand elle bute sur une énigme, elle fait appel à lui. On fait défiler devant lui les proches de la victime, en partant du cercle familial, puis en l'élargissant aux amis, aux relations d'affaires, etc. Deux fois sur trois, voire plus, le bonhomme s'arrête sur l'un d'eux et déclare : "C'est lui le coupable." Certes, ce n'est pas une preuve en soi ; mais les policiers peuvent alors diriger leur enquête sur la personne désignée, et augmenter leurs chances de la faire tomber. Neuf fois sur dix, le voyant a raison. »

*

« J'ai rêvé, dit-il encore, que je tuais jour après jour le même type, un inconnu que je croise dans la rue. Je le tue chaque fois différemment. Une fois, je le renverse en voiture – homicide involontaire. Le jour suivant, je lui plante un couteau dans le dos – meurtre. Le suivant, il tombe devant moi dans l'eau du canal et je m'assieds sur la rive, pour le regarder se débattre et couler, sans lui venir en aide. Une autre fois, je l'étrangle à mains nues, etc. J'ai bien dû le tuer cinquante fois en tout. Je me souviens précisément de son visage, de ses cheveux, de ses habits, toujours les mêmes. Je me demande qui c'est, si c'est un personnage créé par mon imagination, quelqu'un que je connais sans le remettre, ou quelqu'un que je ne connais pas. Et je tremble à l'idée de le croiser en vrai.

Car résisterais-je alors au conditionnement que j'ai subi en rêve ? »

Grivoiseries du Baron

Le Baron avait quelquefois des propos un peu lestes, qu'il accompagnait d'un gros rire.

Un jour, il m'expliqua qu'il avait inventé une variante du jeu de mikado. Elle consistait à passer la nuit avec une douzaine de femmes nues, dans un grand lit, et à faire l'amour à chacune sans réveiller les autres.

Il était d'autant plus porté à la grivoiserie qu'il était sobre, et plus convenable qu'il avait bu – le contraire de la plupart des gens. À jeun, il évoquait volontiers la chose, et prenait plaisir à frôler l'inconvenance. Mais quand il avait bu, il devenait austère, intransigeant, un peu pincé ; il ne tolérait plus la vulgarité, et tirait plutôt la conversation vers des sujets philosophiques, voire religieux.

C'était l'inverse chez la Baronne : très froide à jeun, mais plus gaie quand elle avait bu.

J'eus l'audace d'en faire la remarque au Baron, il répondit que c'était juste. « La Baronne et moi ne sommes pas sur la même longueur d'onde en la matière, sauf quand elle a un peu trop bu, et moi pas assez. D'être saoule la porte sur la chose, de ne pas l'être encore m'y porte aussi. Nous avons donc appris, depuis le temps, à doser soigneusement nos consommations, selon que nous avons ou non certaines idées pour la nuit. »

Cartes postales du Baron

Corinne et moi n'avions pas fait de voyage de noces tout de suite après notre mariage, faute de temps, et surtout de moyens. (Elle avait refusé que son père nous l'offre, bien qu'il eût réclamé, supplié même, de nous faire ce plaisir.) L'année suivante, ayant économisé un peu d'argent, nous voulûmes entreprendre un périple aux États-Unis, destination qui nous attirait tous les deux. Le Baron fit la moue, quand nous le lui apprîmes ; il trouvait que les Américains étaient des rustres, et que c'était un pays sans histoire ni culture. (Sa vision de l'Amérique datait de Tocqueville.) Il nous suggéra de visiter plutôt les Indes (il en parlait au pluriel), ou l'Italie ; mais, comme nous n'en démordions pas, il conclut qu'il n'avait de toute façon pas son mot à dire, puisque ce n'était pas lui qui payait. (Je compris alors le refus Corinne.)

Nous fîmes donc un beau voyage, un voyage inoubliable. Nous arpentâmes le continent d'est en ouest, en bus, en voiture et en train ; logeâmes dans des motels ; vîmes de grandes villes, de grands canyons, de grandes forêts ; nous nous aimâmes beaucoup.

Nous écrivîmes à nos amis de nombreuses cartes postales ; mais nous eûmes aussi la surprise d'en *recevoir* beaucoup. Du Baron, évidemment. Ce vieux farceur avait fait en sorte qu'à chaque étape une carte postale nous attendît. Le premier soir, à notre arrivée à New York, le réceptionniste de l'hôtel, sitôt que nous nous fûmes annoncés, nous informa que nous avions du courrier. Nous crûmes à une erreur, mais il nous tendit une carte postée d'Handrax :

> *J'ai décidé d'inverser les choses,* écrivait le Baron, *au lieu que vous m'envoyiez des cartes d'Amérique, je vous enverrai des cartes d'ici, pour vous raconter mon non-voyage. Aujourd'hui, je suis dans la cuisine. J'ai visité tous les placards, j'ai bu du café. Il faut ramoner le poêle. Affectueusement, AdH.*

Quelques jours plus tard, comme nous étions à Baltimore, une deuxième carte arriva chez notre logeuse.

> *Chers enfants, je suis à présent au salon, dans le fauteuil à oreilles. La Baronne me fait face, allongée sur le sofa ; elle coud. Le feu crépite, c'est agréable. Il fait froid à Handrax, ces jours-ci. Affectueusement, AdH.*

Deux jours plus tard, à Charlottesville :

> *Chers enfants, je rentre d'une promenade en forêt, avec Marcel et Antoine. Je suis à présent dans*

mon bain, au milieu de beaucoup de mousse. C'est la première fois que j'écris dans un bain ; il faut un début à tout. (Cela me rappelle une blague de Flann O'Brien, l'écrivain irlandais, qui disait qu'on peut jouer de l'accordéon en prenant son bain, mais que personne n'a jamais essayé.) Je vous embrasse, AdH.

Carte reçue en Ohio :

Je griffonne ceci dans la cave, où je range mes bouteilles et mets à jour mon registre. J'ai fait quelques dégustations, c'est pourquoi je ne suis pas en mesure de vous écrire longuement. Affection, AdH.

Carte reçue dans l'Indiana :

Vous voilà dans l'Indiana ! J'ai voyagé aujourd'hui de ma chambre à coucher jusqu'à la chambre des cartes, histoire de voir si j'en possède une de cet État, mais non. À défaut, j'ai consulté un livre sur l'Amérique, où j'ai trouvé cette anecdote : on appelle les habitants de l'Indiana les hoosiers, *personne ne sait pourquoi, mais sans doute parce qu'ils disent* who's there *avec un accent râpeux, quand on frappe à leur porte. Je suis heureux de vous avoir appris quelque chose. Baisers, AdH.*

Carte reçue à Decatur, Illinois :

> *Chers enfants, je suis au café du village, où je dispute une partie d'échecs contre François-Paul. C'est un joueur talentueux mais très lent, ce qui me permet de vous écrire pendant qu'il réfléchit. Lu hier soir* Le Professeur Froeppel *de Jean Tardieu, dont je recopie ces mots que je trouve excellents : « Étant donné que vous me présentez une petite boîte de papier à lettres en m'affirmant qu'elle est vide, si, en l'ouvrant brusquement, j'y trouve un crocodile grandeur nature, qui a menti, vous ou moi ? » J'espère qu'il n'y a pas de crocodiles dans l'Illinois. Baisers, AdH.*

Et ainsi de suite, vingt-cinq cartes au total, tout au long du périple ; manière inaccoutumée, mais finalement agréable, de garder le contact avec le pays.

Dans la vingt-cinquième et dernière, le Baron faisait état d'une visite chez le médecin, avec sa chute habituelle :

> *J'y suis allé, parce que je me sentais trop en forme. Heureusement, il m'a trouvé mauvaise mine et prescrit des fortifiants. Sorti de son cabinet, j'ai senti des douleurs au ventre et des courbatures ; tout rentre dans l'ordre.*

Mauvaise blague du Baron

Notre voyage en Amérique s'acheva à San Francisco. De là, nous prîmes l'avion pour la France, tout heureux de ce long circuit, et rêvant déjà d'un nouveau voyage. Corinne, sitôt que l'avion eût décollé, s'endormit, tandis que je regardais des films et observais le ballet gracieux des hôtesses et stewards à travers la cabine.

Nous atterrîmes à Paris vers neuf heures du matin. Tandis que nous attendions nos bagages, Corinne ralluma son téléphone, qu'elle avait éteint pour le vol.

Elle avait reçu plusieurs messages.

Le Baron, souffrant, avait été emmené la veille au soir à l'hôpital de Moulins.

Moulins

Nous louâmes aussitôt une voiture à l'aéroport et partîmes pour Moulins, sans repasser par notre appartement. (Nous nous étions installés après notre mariage à Paris, où Corinne étudiait les belles lettres tandis que j'avais trouvé du travail dans le musée qui avait exposé Mouquin.) Nous empruntâmes l'autoroute, vu l'urgence, sachant que le Baron nous eût désapprouvés (il ne jurait que par ce qu'il appelait « le réseau secondaire », quelle que soit la situation).

Épuisé par ma nuit sans sommeil, je regardai le paysage, triste et monotone.

– À quoi penses-tu ? me demanda Corinne.

– Aux vieilles maisons de ton père, répondis-je.

Nous reçûmes deux appels. L'un d'Arthur qui, au chevet du Baron, nous informait de son état : stable, mais il était sous assistance respiratoire, et les médecins réservaient leur pronostic. L'autre plus tard, alors que nous arrivions à Pouilly, de la Baronne : on venait de relancer le cœur du Baron, qui s'était arrêté. Les médecins se voulaient rassurants, mais il n'était pas nécessaire d'être devin pour comprendre que le pauvre n'en avait plus pour longtemps.

Corinne accéléra.

L'hôpital de Moulins se trouvait avenue du Général-de-Gaulle. Le Baron était-il gaulliste ? Sans doute, vu qu'il était un peu tout ; en tout cas, il m'avait affirmé plusieurs fois qu'il tenait le général pour un grand personnage[1].

Après avoir trouvé, non sans mal, une place de stationnement, nous nous présentâmes à l'accueil, où l'on nous indiqua le chemin du service de réanimation.

Nous y rejoignîmes, dans un hall froid, les familles du Baron, éplorées. Agathe serrait sa mère dans ses bras, Arthur et Marcel à leur côté ; Amandine, Pierre-Yves, et Antoine entouraient la leur.

1. Étrangement, je n'avais jamais vu aucun sosie du général sur les photos de ses dîners de têtes. Ça ne doit pourtant pas être difficile à trouver.

Corinne serra ma main.
Sur le moment, je n'y crus pas.

Stupeur d'Handrax

Les enfants et nous rentrâmes au manoir, tandis que la Baronne et Coralie, à Moulins, s'occupaient des formalités administratives.

La nouvelle s'était répandue dans le village. Depuis son départ pour l'hôpital la veille, le Baron était dans toutes les pensées. Ce matin, à la messe, on avait prié pour lui.

Une foule nous attendait devant les grilles. Des voisins venus présenter leurs condoléances, des fermiers, des amis. Corinne et moi leur offrîmes à boire dans le grand salon. Elle sortit les whiskies, les cognacs, les eaux-de-vie de son père, et son fameux calva ; il aurait aimé, dit-elle, qu'on les partage en cette occasion.

Pierre-Yves alluma le feu ; sa chaleur, ajoutée à celle des alcools, réchauffa les cœurs attristés. Les visiteurs, au début, osaient à peine parler ; c'était comme si le mort était dans la maison. Puis ils s'égayèrent peu à peu, y allèrent chacun d'un souvenir, d'une anecdote, d'un propos sur le Baron. De nouveaux visiteurs affluaient sans cesse, le salon fut bientôt bondé ; il ne désemplirait plus jusqu'à dix heures du soir.

Le maire Marquois fit une apparition ; Rosine – devenue forte femme – aussi, avec son mari et ses fils ; Me Lambourne, le notaire d'Handrax (le petit-fils du notaire d'Ambroise) ; Édouard du club des renifleurs ; des commerçants, le coiffeur Jean, qui faisait si bien réfléchir le Baron, et même Jérôme P., que je fis surveiller discrètement par Arthur, au cas où il volerait un peu d'argenterie.

La Baronne et Coralie, revenues de Moulins, furent surprises de trouver tout ce monde, mais contentes ; elles burent un peu de calva et reçurent de chaleureux messages de condoléances.

Édouard, au moment de partir, vint me serrer la main. Il avait des larmes plein les yeux. « Pour nous renifleurs, dit-il, ça fait toujours drôle de passer dans l'autre camp. »

Carte reçue le lendemain

Chers enfants, je suis parti en voyage pour longtemps, vers un pays très lointain. Pour le moment, je suis en route ; il fait plutôt sombre, si bien que je n'ai pas tellement de paysages à vous décrire. Je ne sais pas grand-chose sur ma destination finale. J'espère qu'il y aura du papier et des crayons, pour que je vous écrive à nouveau. Prenez soin de vous, affections, AdH.

Au dos, une vue du cimetière de C***, sur la colline où lui et moi étions si souvent montés.

Obsèques du Baron

Les obsèques eurent lieu la semaine suivante dans la petite église d'Handrax pleine à craquer. Les familles du Baron étaient au premier rang – cohabitation insolite qui paraissait aller de soi pour tout le monde et ne pas déranger le curé –, puis venaient ses amis, ses relations d'affaires, ainsi qu'une nombreuse délégation de l'institut Saint-***. Aussi, juste avant le début de l'office, une cohorte de personnages fit irruption dans l'église, provoquant une sorte de stupeur : Nietzsche, Einstein, Clemenceau, Staline, Churchill, Karl Marx, Napoléon et d'autres, tous vêtus de noir. Roger Sartre était là également, ainsi qu'un autre Sartre, plus jeune – ils parurent surpris de tomber l'un sur l'autre. (Peut-être ont-ils fondé depuis une association de Sartres, comme il y a, je crois, des associations d'Hemingways.)

La messe fut célébrée par le père Ogbo, le curé congolais de la paroisse. Je le connaissais bien : c'est lui qui nous avait mariés, Corinne et moi. Homme intelligent, assez drôle malgré sa réserve. J'ignorais quels étaient ses rapports avec le Baron ; d'ailleurs, j'ignorais quels étaient les rapports du Baron avec la religion. Aussi curieux que cela pût paraître, nous n'en avions presque jamais parlé. Plus exactement, nous avions souvent abordé des questions religieuses, mais toujours sous l'angle culturel ou historique, rarement sous celui de la foi. Le Baron possédait une solide érudition biblique et théologique ; croyait-il ? La Baronne était très pieuse, ainsi que leurs enfants ; lui, je ne sais pas. J'ai tendance à penser que oui, à sa façon.

Il m'avait cité, une fois, le testament d'Hugo, qui commence par : « Je donne cinquante mille francs aux pauvres », et finit par : « Je crois en Dieu. » Faisait-il de ces mots les siens ?

Le père Ogbo conduisit la cérémonie sans fausse note, et rapidement (il était connu pour ses messes express qui, au début, avaient désarçonné les paroissiens, habitués à plus de calme), après quoi, nous menâmes le Baron jusqu'à sa dernière demeure, au cimetière d'Handrax, dans le caveau où l'attendaient ses parents, grands-parents et arrière-grands-parents.

Quand le cercueil fut descendu dans la tombe, je ne pus retenir mes larmes. Le Baron avait occupé tant de place dans ma vie, ces dernières années ! Alors que je m'étais imaginé soutenir Corinne, effondrée, ce fut elle qui me consola, accueillant au creux de son épaule ma figure décomposée.

Le Baron plaisantait souvent sur les inscriptions funéraires. Il en avait imaginé, pour lui, de nombreuses, la plupart humoristiques, certaines scabreuses. Mais il n'avait finalement rien fait graver sur sa pierre, sauf son nom, la date de sa naissance et celle de sa mort. Sans doute avait-il jugé au dernier moment que, ayant été expansif dans la vie, il convenait d'être sobre dans la mort.

« Et si c'était la mort qui mourait, m'avait-il demandé un jour, que croyez-vous qu'elle voudrait qu'on grave sur sa pierre ? »

Nous défilâmes devant le caveau pour y jeter un peu de terre.

J'eus l'idée, à cet instant précis, de rassembler mes souvenirs, et d'écrire ce livre.

Condoléances

Même mort, le Baron continua à blaguer. Durant les jours suivants, la Baronne et les enfants reçurent au manoir des messages de condoléances dont certains ne pouvaient avoir été écrits que par lui. J'ignore comment il s'y était pris, s'il avait mis tout cela au point longtemps auparavant, et quels complices il avait chargés de poster les plis.

De Moulinsart, Belgique :

« Sincères condoléances. Signé : Haddock. »

De Königsberg :

« Condoléances. Comptez sur moi pour faire faire au Baron sa promenade journalière au paradis. Kant. »

De Xanadu, Floride :

« Condoléances. L'arrivée prochaine du Baron fait ici la une de mes journaux. Charles Kane. »

De Mount Vernon, États-Unis :

« Sincères condoléances. George Washington. »

De Londres :

« Condoléances. Si vous retrouvez les lettres que j'ai écrites au Baron depuis quinze ans, abandonnez-les à la critique rongeuse des souris. Karl Marx. »

De Paris :

« Condoléances. Le Baron aurait pu finir son assiette avant de partir ! Brillat-Savarin. »

Il y en eut comme cela près de cinquante. Le Baron avait poussé le canular très loin : en comparant ces cartes avec des manuscrits trouvés sur Internet, je découvris que l'écriture des expéditeurs les imitait à la perfection ! Et, bien sûr, les lettres étaient toujours postées du lieu où l'auteur était enterré, comme le prouvait le cachet de la poste ! Le Baron, vraiment, ne plaisantait pas avec les plaisanteries.

La Baronne, elle, apprécia peu la farce ; les premières cartes lui arrachèrent un sourire, les suivantes lui firent hausser les épaules et, devant les dernières, elle secoua la tête d'un air agacé. Feu son mari, murmura-t-elle, ne savait pas s'arrêter.

Au bout de quinze jours, les envois cessèrent. La dernière de ces cartes farfelues vint du Baron lui-même, elle avait été postée à Handrax – il avait donc un complice au village :

> « *Sincères condoléances. Je garderai d'Archie d'Handrax l'image d'un homme de génie, hélas méconnu. J'espère avoir souvent l'occasion d'écrire encore ce nom, Archie d'Handrax, pour entretenir sa mémoire et la faire connaître aux générations futures. Salutations et baisers. Signé : Archie d'Handrax.* »

Le Baron et la mort

La mort était un sujet de prédilection du Baron, qui abondait en théorie sur ce qu'il y a de l'autre côté. En voici quelques-unes :

– Après la mort, on a le droit de choisir une époque du passé qui nous plaît et d'y prendre quelques semaines de vacances, en guise d'intermède avant le grand voyage vers l'au-delà. Moyennant quoi, la plupart de nos contemporains ne sont que des personnes décédées, venues d'époques futures, et qui ont souhaité visiter la nôtre.

– Au moment de passer, on revoit toute sa vie, mais en vitesse réelle. C'est du coup très lent et très ennuyeux : un calvaire. On regrette d'avoir vécu si longtemps.

– Quand on meurt, on voit s'effondrer sur eux-mêmes les corps de nos contemporains, comme du tissu sur un mannequin volatilisé. On découvre alors que le monde n'a été qu'un décor, les êtres autour de nous des fantômes, qu'on a en fait toujours vécu seul, dans un paysage noir où l'on continuera d'errer, sans distractions ni but, pour l'éternité.

– On ressuscite sous la forme d'un nourrisson né le même jour. Ce bébé vivra une vie aussi longue que celle du disparu qu'il ressuscite, moins un jour. De résurrection en résurrection, la vie du ressuscité sera donc plus courte. Le dernier de la liste meurt au bout de vingt-quatre heures, puis la série prend fin.

– Après la mort, on comprend tout.

– Après la mort, tout commence.

– Après la mort, on voit Dieu en face.

Cocktail commémoratif

Le conseil municipal d'Handrax, à sa première réunion suivant l'enterrement, observa une minute de silence en mémoire du défunt, et résolut de donner son nom à une rue du village. Une vraie rue, cette fois ! Le Baron aurait été très content. Le problème fut d'en choisir une. Toutes ayant déjà un nom, il fallait en débaptiser une, en veillant à ne froisser personne – sachant, en outre, qu'on ne pouvait pas donner décemment le nom du Baron à une rue trop discrète ou trop sombre. Embarrassés, les conseillers consultèrent la Baronne, mais elle répondit, à mon étonnement, que le Baron n'aurait pas voulu avoir son nom sur une plaque. S'ils désiraient être fidèles à sa mémoire, qu'ils honorent plutôt celle de son aïeul, le peintre Mouquin, dont il avait déploré qu'il n'ait aucune rue.

Le conseil s'inclina, et rebaptisa la rue du Gué : rue Henri Mouquin d'Handrax. Cet événement donna lieu à une petite cérémonie où je fus convié, ainsi que toute la famille.

M. Paulin, le cafetier du village, qui avait eu le Baron parmi sa clientèle, inventa quant à lui un hommage personnel, sous la forme d'un cocktail qu'il appela simplement « Handrax ». On put désormais, au café d'Handrax, commander un Handrax, ce que je fis dès que j'en eus l'occasion. Ce cocktail était excellent – à base de jus de framboise, fruit qu'adorait le Baron –, quoiqu'un peu trop alcoolisé à mon goût.

M. Paulin annonça qu'il offrirait tous les ans, pour l'anniversaire de la mort du Baron, une tournée d'Handrax, et que tout le monde avait intérêt à s'enivrer.

Bien que la Baronne fût fort attachée au château, le silence qui y régnait désormais, le vide qu'y laissait son époux disparu, lui pesèrent énormément. Le premier hiver sans Archie lui parut long et pénible. Trouvant qu'elle dépérissait, sa fille Agathe, qui vivait à Biarritz avec son compagnon, un jeune médecin, lui suggéra de venir s'installer dans le sud de la France, non loin de chez elle : elle y jouirait d'un climat plus doux, de la proximité de l'océan – la Baronne avait toujours aimé passionnément la mer –, et Agathe pourrait venir lui rendre visite tous les jours.

La Baronne hésita. Arthur et Corinne approuvaient l'idée de leur sœur, convaincus que changer d'air ne pouvait lui faire que du bien. Du reste, elle n'était pas obligée d'abandonner complètement Handrax : elle y reviendrait aux beaux jours, et chaque fois que l'envie lui en prendrait. D'ailleurs, en son absence, Arthur veillerait sur le domaine. Âgé de vingt-trois ans, devenu grand et fort – le portrait craché de son père, barbe et bedaine comprises –, il avait décidé de faire une pause dans ses études et, pour s'économiser le prix d'un loyer à Paris, il désirait se réinstaller dans la demeure familiale, le seul endroit au monde, prétendait-il, où il se sentait véritablement serein et heureux. La maison ne serait donc pas vide ; en outre, Coralie continuerait d'y travailler.

La Baronne pouvait partir tranquille, et c'est donc ce qu'elle fit.

Elle acquit à Biarritz un petit logement dans une résidence très confortable, qu'elle orna de meubles apportés d'Handrax : coiffeuse, lit, commode, tables et tablettes, un guéridon qu'elle aimait, etc. François-Paul et moi nous chargeâmes du déménagement, qui fut rapide et facile.

Le jour vint pour la Baronne de quitter l'Allier pour sa nouvelle demeure, où l'attendait Agathe. Corinne et moi l'y conduirions.

Elle fit ses adieux à Arthur, qui avait pris ses quartiers au manoir. Il sortit avec nous sur le perron, revêtu d'un beau costume en velours côtelé qui avait appartenu à son père.

Il serra longuement sa mère dans ses bras, lui recommanda de marcher tous les jours, de prendre des bains de soleil, et lui promit de venir la voir bientôt. Elle embrassa tendrement son cher petit garçon, devenu un homme et la réplique du Baron.

Coralie, émue elle aussi, se tenait à côté d'Arthur. La Baronne et elle s'embrassèrent, puis nous montâmes en voiture.

Coralie agita doucement la main, tandis que nous nous éloignions. À les voir côte à côte avec Arthur, on aurait cru voir reconstitué le couple qu'elle avait formé avec le Baron.

La Baronne, assise à l'arrière, marmonna d'un air indifférent que si son fils devait continuer de ressembler de plus en plus à son père, il finirait dans le lit de Coralie, comme c'était apparemment la règle chez les hommes de la famille.

Deux ans ont passé. Corinne et moi retournons souvent au château, devenu la maison d'Arthur. La Baronne, à Biarritz, est en forme, bien qu'elle ait pris un coup de vieux.

Arthur n'a rien changé dans le manoir ; il a juste repeint l'ancien bureau du Baron, et débarrassé la chambre des cartes pour y installer son circuit de trains électriques – passion coûteuse et dévorante qui ne l'a jamais quitté depuis l'âge de huit ans. Le Baron m'avait souvent dit sa fierté de le voir s'intéresser à sa collection de trains. Elle avait pris au fil des ans des proportions gigantesques, et Arthur l'agrandissait encore. À ce train-là – si j'ose dire –, il faudrait bientôt réquisitionner tout le dernier étage, puis tout le château, pour l'abriter[1].

Je me suis inquiété du sort des cartes, mais Arthur m'a rassuré : il les avait inventoriées soigneusement, puis les avait rangées bien à plat dans des porte-dessins hermétiques, à la cave. Il m'a même proposé de me les offrir, sachant que je m'y étais intéressé du vivant de son père ; malheureusement, je n'ai pas la place de les entreposer à Paris.

---

1. Je soupçonne Arthur de rêver à un circuit immense, qui couvrirait tout Handrax, puis s'étendrait à l'Allier, à la France, à l'Europe, et finalement à l'univers. On aurait la réponse à l'éternelle question du pourquoi du monde : pour faire rouler des petits trains.

Arthur a également conservé toutes les vieilles maisons de son père, et missionné François-Paul pour les entretenir. Compte-t-il en acquérir de nouvelles, ou veiller simplement sur la collection existante ?

Je ne manque jamais, lors de mes séjours à Handrax, d'accompagner F.-P. en tournée. Il m'arrive même, quand j'ai besoin de calme, de me rendre seul dans l'une ou l'autre des maisons – j'ai accès aux clefs, rangées sur un grand panneau mural dans le hall du manoir.

Ma préférée, coïncidence ou non, est celle où j'ai rencontré le Baron la première fois. J'aime y pénétrer, y demeurer une heure ou deux, dans le silence et les odeurs de moisi. J'inspecte les pièces désertes, j'ouvre les tiroirs, je fais grincer tout ce qui grince. J'imagine les précédents occupants, et tous ceux qui ont vécu là. De quand date cette maison ? À vue de nez, 1890. Quoique, en vérité, je n'en ai pas la moindre idée ; je n'ai aucune notion d'architecture, je lance cette année au hasard.

Parler de date me fait penser au jour M. Ont-ils connu le 23 mars 1928, les anciens habitants ? Ou l'ont-ils sauté, comme le reste de l'humanité ?

Je m'installe dans l'un des fauteuils en similicuir du salon, le même où était assis le Baron cette première fois, et je m'endors.

Quand je rouvre les yeux, il est devant moi, dans l'autre fauteuil ; sa canne repose contre l'accoudoir.

Je m'y attendais un peu ; je dirais même que je l'espérais. Je n'en suis pas moins décontenancé.

Voyant que je me réveille, il sourit et replie son journal – *Le Petit Parisien* du 22 mars 1928, faute d'avoir celui du 23.

Je prends un air dégagé.

– Eh bien, vous voilà, dis-je. Qu'êtes-vous, au juste : un fantôme ou une hallucination ?

– Un rêve, mon cher.

– Je suis en train de rêver ? J'ai pourtant l'impression d'être parfaitement éveillé.

– Vous dormez. Chaque fois que vous vous endormirez dans ce fauteuil – celui-là, pas un autre –, j'apparaîtrai dans votre rêve, et nous bavarderons.

– Ce fauteuil précisément ?

– Oui.

– Puis-je le transporter au manoir ?

– Non. Il faut qu'il reste dans cette maison.

– Pourquoi ?

Il lève les yeux au ciel.

– Votre manie de vouloir des explications à tout.

Je souris. Il me l'avait souvent reprochée, de son vivant.

Il porte son veston de velours, élimé aux coudes. Il y a, me semble-t-il, un accroc à la manche qui n'y était pas jadis. Il doit y avoir des ronces au paradis, et pas de couturière disponible.

– Puis-je poser tout de même une autre question ? reprends-je.

– Dites.

– Êtes-vous une fabrication de mon cerveau, ou le Baron véritable introduit dans mon rêve ?

– Je ne vois pas ce que ça change.

– Si vous êtes une fabrication de mon cerveau, inutile de vous interroger sur l'au-delà et sur votre vie quotidienne chez les morts : vous ne me direz rien que je ne sache, puisque vous êtes moi.

Le Baron plisse les yeux.

– Et si je n'étais ni l'un ni l'autre ?

– Je ne vois pas qu'un moyen terme soit possible.

– Vous êtes si cartésien.

Nous recommençons notre joute habituelle, et je constate avec plaisir que la mort n'a pas diminué son sens de la repartie. Puis, après nous être disputés – au sens philosophique –, nous revenons à des propos plus banals. Il me demande des nouvelles des enfants, et de la Baronne. Je m'étonne : ne voit-il pas tout, de là où il est ? Il répond que si, mais qu'il veut connaître mon avis.

Nous passons ensuite à la politique, mais elle l'intéresse moins que de son vivant, ce qui se conçoit.

– Nous parlons depuis dix minutes de l'actualité terrestre, dis-je enfin, mais *quid* de celle du Ciel ? J'imagine qu'il se passe des choses, là-haut.

– Oui, répond-il, mais je n'ai pas le droit d'en parler. Nous sommes tenus par une sorte de secret défense.

– Sans blague.

– Je vous jure. J'ai signé un papier.

– Et si vous enfreignez la loi ?

– Je préfère ne pas essayer.

Nous devisons gaiement, puis je suggère d'aller nous promener, comme jadis. Il répond qu'il lui est impossible hélas, sous la forme qui est à présent la sienne, de songer à une promenade.

– Mais on peut boire un verre, ajoute-t-il.

Il y a, dans le vieux buffet de merisier que décorent trois assiettes peintes, une bouteille de Cointreau, de la gentiane et de la Suze.

Je me lève.

– Les bouteilles sont à droite, murmure le Baron, ainsi que les verres.

Je nous sers une gentiane et me rassieds. La liqueur dans mon verre dégage une odeur suspecte.

– Elle sent bizarre, non ?

– Je m'étonne que vous sentiez quoi que ce soit. C'est inaccoutumé, en rêve, les odeurs, non ?

Je goûte ; en fait, elle n'est pas si mauvaise. Nous sirotons ; j'étends mes jambes.

– Tiens, dit subitement le Baron. Ma main disparaît.

– Pardon ?

Je m'avise avec effroi qu'en effet une manche de son veston est vide.

– Mais que se passe-t-il ? m'écriai-je.

– Vous vous réveillez, je pense. Conséquence, je m'efface.

Sa voix est déjà affaiblie, comme s'il s'éloignait. Je m'affole.

– Vous reverrai-je ?

– Bien sûr, répond-il avec calme. Revenez, asseyez-vous là, et endormez-vous.

– Ça marchera à tous les coups ?

– Vous verrez. En attendant, laissez-moi vous aider.

– À quoi ?

– À vous débarrasser de moi.

Il finit sa gentiane et jette son verre qui explose contre le mur et me réveille.

J'ouvre les yeux. Il n'y a ni verre cassé, ni gentiane, ni rien ; je me sens pourtant un peu gris, comme si j'avais bu.

pca
cmb
édition pré-presse
livres numériques

44400 Rezé